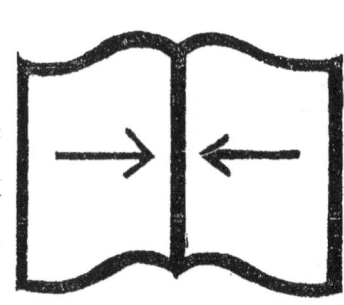

RELIURE SERREE
Absence de marges
intérieures

VALABLE POUR TOUT OU PARTIE
DU DOCUMENT REPRODUIT

Couvertures supérieure et inférieure
manquantes

SIMPLE HISTOIRE

3694

IVAN GONTCHAROV

SIMPLE HISTOIRE

TRADUIT DU RUSSE

PAR

E. HALPÉRINE

I

PARIS

LIBRAIRIE ACADÉMIQUE DIDIER

PERRIN ET Cie, LIBRAIRES-ÉDITEURS

35, QUAI DES GRANDS-AUGUSTINS, 35

1887

SIMPLE HISTOIRE

CHAPITRE PREMIER

Un jour d'été, au village Gratchy, chez la pomestchitsa [1] Anna Pavlovna Adouieva, toute la maison se leva dès l'aube, depuis la barinia jusqu'au chien de garde Barbosse.

Seul, le fils unique d'Anna Pavlovna, Alexandre Fedoritch, dormait encore d'un sommeil profond, comme on dort à vingt ans; et chacun dans la maison évitait de faire du bruit, marchant sur la pointe du pied et chuchotant pour ne pas réveiller le jeune barine. Si quelqu'un parlait trop fort, aussitôt Anna Pavlovna apparaissait comme une lionne irritée, et châtiait l'imprudent d'une verte semonce, ou d'un sobriquet injurieux et parfois même d'une poussée.

---

[1] Feminin de *pomestchik*, propriétaire terrien.

C'était d'ailleurs une excellente barinia qui fermait les yeux sur bien des choses : mais faire du bruit pendant le sommeil de Sachegnka [1], ou contrarier le moindre de ses désirs, malheur !

A la cuisine, on travaillait *des trois mains* [2], comme si l'on eût à faire dîner dix personnes, quoique toute la famille se réduisît à Anna Pavlovna et à son fils Alexandre Fedoritch; à la remise, on nettoyait et graissait la voiture: tous se démenaient et suaient. Seul Barbosse ne faisait rien ; mais il prenait, lui aussi, sa part dans l'effarement commun : quand passait devant lui quelque laquais, le cocher, ou une alerte servante, il remuait la queue, flairait et semblait demander : « Me dira-t-on enfin quel est chez nous, aujourd'hui, tout ce remue-ménage ? »

Et ce remue-ménage provenait de ce qu'Anna Pavlovna envoyait son fils à Pétersbourg, pour y chercher une carrière ou, comme elle le disait, « pour voir le monde et se faire voir. » Jour désolant pour elle ! Et c'est pourquoi elle était triste et nerveuse. Souvent, dans sa préoccupation, elle ouvrait la bouche pour commander quelque chose, et brusquement elle s'interrompait au milieu des mots ; sa voix s'altérait ; elle se détournait, essuyait une larme ou la laissait tomber

---

[1] Diminutif d'Alexandre.
[2] Traduction littérale. Locution russe.

dans la malle où elle rangeait elle-même le linge de Sachegnka. Les larmes bouillonnaient depuis longtemps dans son cœur, oppressant sa poitrine et sa gorge, prêtes à jaillir en trois ruisseaux ; mais elle semblait les réserver pour l'adieu, et n'en laissait pour l'instant échapper que des gouttelettes.

Anna Pavlovna n'était point seule à déplorer la séparation. Une affliction profonde désolait aussi le valet de chambre de Sachegnka, Evsiei. Il lui fallait accompagner son maître à Pétersbourg, abandonner le coin le plus chaud de la maison, derrière le poêle bas servant de lit, dans la chambre d'Agrafena, premier ministre du ménage d'Anna Pavlovna, et, ce qui était plus précieux encore pour Evsiei, gardienne du buffet. Derrière ce poêle, il n'y avait guère que la place de deux chaises et d'une table : là se préparaient le thé, le café, les hors-d'œuvre. Evsiei occupait une position des plus solides derrière le poêle, comme dans le cœur d'Agrafena, assise à ce moment sur l'autre chaise.

L'histoire d'Agrafena et d'Evsiei était déjà une histoire ancienne dans la maison. Comme de tout au monde, on en avait glosé et médit ; puis, comme de tout, on avait cessé d'en parler. La barinia elle-même s'était accoutumée à les voir ensemble ; et, dix ans entiers, ils avaient vécu heureux. Y a-t-il beaucoup de gens pleinement

heureux dix ans entiers ? Voilà que c'en était
fait : adieu, le coin bien chaud, adieu Agrafena
Mikhaïlovna, adieu le dourak [1], et le café, et la
vodka, et les crêmes de fruits ! Adieu ! tout !

Evsiei, toujours assis, ne soufflait mot et
poussait de profonds soupirs. Agrafina, l'air mo-
rose, allait et venait dans la maison. Son chagrin
se traduisait d'une singulière façon. Elle servait
le thé par saccades ; au lieu d'offrir, comme à
son habitude, la première tasse à la barinia, elle
la renversa par terre en disant : « Personne ne
l'aura » ; puis elle attendit stoïquement les reproches. Heureusement pour Agrafena, la barinia
avait en tête bien autre chose que le thé ; sans
cela !.. Le café avait trop bouilli, la crême était
brûlée ; les tasses lui tombaient des mains, elle
jetait plutôt qu'elle ne posait les plats sur la table ;
elle ne fermait point les portes de l'armoire, elle
les poussait à les briser. Mais elle ne pleurait pas ;
elle semblait furieuse contre tout et contre tous.
C'était là, du reste, le trait principal de son caractère : elle n'était jamais satisfaite ; rien ne lui
allait, elle ne faisait que geindre et grogner. Evsiei,
surtout, paraissait l'irriter.

— Agrafena Mikhaïlovna ! soupirait-il d'une voix
triste et tendre, qui s'accordait assez mal avec sa
forte et corpulente structure.

---

[1] Jeu de cartes.

— Quoi donc! badaud! qu'as-tu donc à rester coi de la sorte?...

On eût dit qu'elle le voyait pour la première fois assis là.

— Ote-toi de là, que je prenne un torchon pour essuyer.

— Oh! Agrafena Mikhaïlovna! répéta-t-il languissamment, en baissant la voix d'un demi-ton.

Il se souleva et se rassit dès qu'elle eut pris son torchon.

— Gémir! c'est tout ce qu'il sait faire, cet invalide! Je crois qu'il a pris racine ici... C'est un vrai châtiment de Dieu; sûrement il n'en démarrera point!

Elle jeta avec fracas une cuiller dans la terrine où elle lavait sa vaisselle.

— Agrafena! cria-t-on de la pièce voisine. Serais-tu devenue folle, par hasard? Ignores-tu que Sachegnka dort? Est-ce que vous allez vous battre, avec ton galant, en guise d'adieux!

— Il faudrait rester comme une morte pour vous satisfaire, vous! siffla comme un serpent Agrafena Mikhaïlovna, en essuyant de ses deux mains une tasse comme si elle eût voulu la casser en morceaux.

— Adieu, adieu, fit Evsiei avec un soupir encore plus profond: c'est notre dernière journée, Agrafena.

— Oui, grâce à Dieu! Que les diables t'empor-

tent bien loin. Nous aurons plus de place après
ton départ. Va-t-en ! On ne sait plus où poser
un pied. Vois-tu comme il a allongé les jambes !

Evsiei lui donna sur l'épaule une tape qu'elle
lui rendit. Puis il poussa un autre soupir,
mais sans bouger. Et pourquoi, en effet, aurait-il
bougé ? Agrafena n'y tenait, au fond, nullement.

— Qui prendra ma place, moi parti ?

— Le diable ! répliqua-t-elle sèchement.

— Que Dieu l'y mette plutôt que Prochka ! Et
qui jouera au dourak avec vous, moi parti, dites-
moi ?

— Eh ! si c'était Prochka, quel mal y verrais-je ?
Evsiei se leva.

— Oh ! il ne faut point jouer avec Prochka !
Au nom du Christ, n'allez pas jouer avec Prochka,
fit-il d'une voix inquiète et presque menaçante.

— Qui pourrait m'en empêcher, dis-moi ? Toi,
peut-être, vilain magot !

— Voyons, petite mère Agrafena Mikhaïlovna !
reprit-il, suppliant.

Et il lui prenait la taille, si l'on peut s'exprimer de la sorte, car Agrafena n'offrait aucune
apparence de taille à prendre.

Elle accueillit cette expansion par un coup de
coude dans l'estomac d'Evsiei.

— Petite mère Agrafena Mikhaïlovna, reprit-il,

pensez-vous que Prochka vous aimerait autant
que moi ? Il a mauvaise langue, il entreprend
toutes les femmes, sans en manquer une, vous
verrez. Tandis que moi !... Pour moi, tu es
comme un grain de poussière bleue dans la pru-
nelle, et si la barinia n'en avait décidé ainsi,
oh...

Il se mit à gémir en agitant la main. Agrafena
n'y put tenir davantage ; son chagrin se manifesta
enfin par une larme.

— Me laisseras-tu, à la fin, maudit ! fit-elle
en pleurant. Quelles insanités ta langue vient-elle
de me moudre là? T'imagines-tu que je vais me
lier avec Prochka? Tu ne vois donc pas à quel
point il est stupide et grossier? Il ne comprend
que ce qu'il peut toucher.

— Vous a t-il touchée aussi ! Ah ! le misérable.
Et vous ne me le dites pas? Je le corrigerais!
moi !...

— Qu'il essaie seulement, il verra. N'y a-t-il
pas dans la maison d'autres femmes que moi ?
Moi, me lier avec Prochka... Mais il m'est impossible de demeurer seulement une minute à côté
de lui sans mourir d'ennui. Il ne songe qu'à voler
la barinia.

— Eh bien! Agrafena, si par hasard... le Malin
est si puissant... si vous avez une fantaisie, que
ce soit plutôt Gricha qui prenne ma place ici.

Lui, du moins, est petit, paisible, actif; il n'est pas toujours à montrer ses dents.

— En voilà bien d'une autre ! Qu'as-tu donc à me vouloir de force jeter à la tête des gens! Suis-je donc une traînée ? Va-t-en bien vite loin d'ici ! Je ne suis pas de cette espèce, moi, tu le sais bien ! C'est avec toi seul que le diable m'a poussée à me lier. Et que je me repens de m'être laissée entraîner!.. En voilà bien d'une autre !

— Dieu vous récompensera de votre vertu! Je me sens comme une pierre de moins sur les épaules.

— Te voilà satisfait, maintenant, cria-t-elle. Voilà, bien sûr, de quoi se réjouir. Eh bien! réjouis-toi !

Elle était si furieuse que ses lèvres pâlissaient. Ils se turent.

— Agrafena Mikhaïlovna ! reprit timidement Evsiei au bout d'un instant.

— Quoi ?

— Voici. J'oubliais. Depuis l'aube, je n'ai pas seulement bu gros comme une graine de pavot.

— Tu ne songes qu'à cela, toi !

— C'est le chagrin, petite mère.

D'une étagère au bas de l'armoire, derrière un pain de sucre, elle tira un verre de vodka et deux grandes tranches de pain avec du jambon. Tout cela, elle l'avait préparé avec soin pour lui, depuis longtemps. Mais elle le lui offrit rudement, comme on n'offre certes pas la pâtée à un chien : l'une des tranches tomba sur le parquet.

— Voilà, gave-toi ! Je voudrais que... Mais fais moins de bruit en mangeant ; ne vas pas réveiller toute la maison avec le fracas de tes mâchoires !

Elle se détourna de lui avec une apparente expression de haine. Cependant Evsiei s'était mis à manger doucement. Il jetait à Agrafena un regard en dessous, et d'une main se couvrait la bouche.

Au même instant apparut sous la porte cochère un yamchtchik avec une troïka [1]. Au-dessus de la korennaia [2], la clochette suspendue à la douga [3] tintait sourdement. Il attacha les chevaux dans la remise, ôta son bonnet, y prit un mouchoir fort sale et essuya la sueur de son visage.

Anna Paulovna pâlit en le voyant de la fenêtre. Elle sentit ses jambes ployer et ses mains faiblir ; pourtant, elle l'attendait, cette troïka. Quand elle fut un peu revenue à elle-même, elle appela Agrafena.

— Va sans faire de bruit voir si Sachegnka n'est pas réveillé. Mon pauvre petit pigeon va

[1] Attelage de trois chevaux.
[2] Cheval du milieu.
[3] Pièce de bois en forme d'arc.

certainement dormir le long de sa dernière journée, et je n'aurai pas eu seulement le temps
de le voir. Mais je suis folle! comme si tu étais
capable de faire la chose comme il faut! Tu entre-
rais dans sa chambre comme une vache. Je préfère y aller moi-même.

Et elle sortit.

— Va donc! Tu n'es pas une vache, toi, oh
non! grommelait la servante en rentrant chez
elle. Vois-tu, quelle vache! En as-tu beaucoup de
ces vaches-là!

A la rencontre d'Anna Pavlovna marchait
Alexandre Fedoritch, un blondin dans la fleur des
ans, de la santé, de la vigueur. Il salua gaîment
sa mère; mais bientôt attristé par la vue de la
malle et des paquets, il s'approcha en silence de
la fenêtre, et se mit à tracer sur les vitres des
dessins avec ses doigts. Une minute après, il
revenait causer avec sa mère ; l'air tranquille
et même joyeux il regardait les préparatifs du départ.

— Qu'as-tu donc eu, mon ami, à dormir si
longtemps? Tu en as encore les joues bouffies.
Laisse-moi t'essuyer les yeux et les joues avec de
l'eau de rose... Et que veux-tu manger à ton
déjeuner? Du thé, ou du café? Veux-tu qu'on te
fasse un hachis à la crême sur le poêle.

— Non, maman, c'est inutile.

Il se mit à déjeuner, tandis qu'Anna Pavlovna

continuait de ranger les effets. Tout à coup elle s'arrêta en regardant son fils d'un air triste.

— Sacha! dit-elle après un silence.

— Quoi, petite maman?

Elle hésitait à parler.

— Où vas-tu, mon ami, et pourquoi t'en vas-tu? dit-elle enfin d'une voix douce.

— Comment, où je vais? Mais à Pétersbourg. Pourquoi?... Pourquoi? Mais pour...

— Écoute, Sacha, dit la mère profondément émue, en appuyant la main sur l'épaule de son fils. Il en est encore temps; réfléchis, reste, dit-elle, dans une suprême adjuration.

— Rester, comment, rester? Mais... mais la malle est déjà faite, reprit-il, ne trouvant rien à dire.

— Ah! la malle est faite! Eh bien! la voilà défaite!

En trois mouvements, la malle se trouva vidée.

— Mais comment est-ce possible, petite maman? J'allais partir et voilà que... subitement... que dirait-on?

Il semblait attristé.

— C'est moins pour moi que pour toi, va, que je te prie de rester. Que vas-tu faire? Chercher le bonheur? N'es-tu pas bien ici? Ta mère n'est-elle pas sans cesse occupée à combler tes moindres désirs? Il est bien certain qu'à ton âge la seule affection maternelle ne saurait te rendre heureux. Mais qui te demande cela? Jette les yeux autour de toi? Qui ne te sourit? Et la fille de Maria Vassilievna, Soniouchka? Tu rougis! O la petite colombe, et comme elle t'aime! J'ai ouï dire que depuis trois nuits elle ne dort plus guère.

— Vrai! petite maman, est-ce qu'elle...

— Oui, vraiment, crois-tu donc que je n'aie rien vu? Ah! que je n'oublie point... Elle a pris tes mouchoirs pour les ourler. « C'est moi qui veux tout faire, a-t-elle dit, broder les initiales. » Que veux-tu donc de plus? Reste.

Il écoutait, sans mot dire, la tête baissée, et jouant avec les glands de sa robe de chambre.

— Que trouveras-tu à Pétersbourg? continua-t-elle. Tu penses y trouver la même vie qu'ici? Eh! mon ami, Dieu sait ce qui t'attend : le froid, la faim, le besoin; il y a force méchants et peu de braves gens. Des heureux? Ici, loin de la vie de Pétersbourg, tu peux te croire le premier... Tu es instruit, adroit, beau; je n'aurais plus d'autre plaisir que de te regarder, tu te marierais, Dieu t'enverrait des enfants, moi je les soignerais, et tu vivrais tout ton siècle sans chagrin, sans envie, paisiblement. Si tu pars, peut-être le regretteras-tu, et te souviendras-tu de mes paroles. Reste, Sachegnka, reste...

Il toussota, soupira et ne répondit pas.

— Regarde un peu par ici, reprit-elle en ouvrant la porte qui donnait sur le balcon. N'aurais-tu point regret à quitter un pareil coin ?

Par le balcon pénétra dans la chambre une fraîcheur embaumée. Au loin, devant la maison, un jardin, [des églantiers, de vieux tilleuls, des buissons de lilas. Parmi les arbres, des fleurs brillaient en taches éclatantes. Des sentiers couraient çà et là ; plus loin, dans le silence, les eaux calmes d'un étang venaient mourir contre la berge. Un côté de l'étang étincelait aux rayons dorés du soleil levant, avec ses eaux polies comme un miroir; l'autre était d'un bleu foncé comme le ciel qui s'y réfléchissait ; à peine une brise en ridait-elle la surface. Au delà, fuyaient, jusqu'au petit bois noir, les champs de blé aux ondulations bariolées.

Anna Pavlovna, d'une main, abritait ses yeux contre le soleil, et, de l'autre, indiquait tout cela à son fils.

— Vois donc, disait-elle, quelle beauté Dieu a donnée à nos champs. Dans ce seul carré-là, nous aurons, rien que de seigle, plus de cinq cents quartiers. Et ce froment! Et ce sarrazin! Et le bois, vois comme il a poussé, le bois! Quand on pense combien grande est la sagesse de Dieu!... Peut-être tirerons-nous mille roubles du bois. Et du gibier! du gibier!... Et tout cela est

tien, mon ami ; je ne suis que ta gérante... Et
l'étang, vois, est-il beau ! Le poisson y pullule ;
nous n'achetons que de l'esturgeon, tandis que la
grenouille, la perche et le carrassin y foisonnent.
Nous en avons assez pour nous et pour les autres.
Et tes vaches! Et tes chevaux! Ici tu es ton
maître ; là-bas chacun pourra te ployer à sa guise.
Et tu voudrais fuir ce lieu d'élection, fuir sans
savoir même où tu vas, dans quelque tourbillon,
peut-être? Que Dieu pardonne... Reste.

Il restait silencieux.

— Mais tu ne m'entends pas ! fit Anna Pavlovna, que regardes-tu si fixement?

Sans répondre, tout pensif, il étendit la main
vers le lointain. Anna Pavlovna regarda et chan-
gea de visage. Là-bas, dans les champs, une
route se déroulait comme un serpent et s'en allait
bien loin derrière le bois, la route qui menait à la
terre promise, à Pétersbourg.

Anna Pavlovna garda quelque temps le silence
pour rassembler ses forces.

— Ah! voilà ce que c'est! dit-elle enfin avec
tristesse. Eh bien! mon ami, que Dieu t'accompagne! Va donc, puisque tu te sens attiré. Je ne
te retiens plus. On ne dira pas que ta mère laisse
ta jeunesse et ta vie se flétrir.

Pauvre mère ! voilà la récompense de tant
d'amour. Était-ce ce que tu attendais? Mais non, la
mère n'attend jamais de récompense. Le seul

amour qui attende une récompense, est celui·qui
ne se donne pas pour rien, celui que, Dieu sait
pourquoi, l'on appelle amour *désintéressé*. Et pourtant, donnez-lui tout, soyez glorieux ou humiliez-
vous devant elle, agissez ou n'agissez pas, ouvrez
vos ailes et volez d'un essor d'aigle, couchez-vous
comme un chien aux pieds de la belle, sacrifiez
votre vie : désintéressé, et pourtant il veut tout
cela !

Toutes ces élues pâles et pensives, aux yeux
bleus, qui parlent de la *mystérieuse affinité des âmes,*
de la rencontre pressentie avec le bien-aimé, et
qui, dans le souffle des zéphyrs, dans le murmure
des vents, entendent sa voix... ; ces brunes
ardentes, qui, dans une crise de jalousie, s'arment
d'un poignard... ; ces vierges timides, toujours
souriantes, dont les regards sont languissants,
dont les cheveux sont châtains..., toutes aiment,
dans le préféré, le rayonnement de la gloire, de
l'intelligence, de la grâce ou tout au moins de
l'argent. Il faut, pour leur plaire, briller, s'élever
au-dessus de la foule, accomplir des miracles ; et,
si on ne peut les éblouir ainsi, il leur faut des
présents : alors les myrtes pleuvront sur vous et
les tendresses et les larmes, alors ce seront les
promenades au clair de lune, les *causeries à bâtons
rompus et pleines de charme,* et tous les mystères
de l'amour. Sinon, vous serez bientôt trahi pour
quelqu'un autre qui saura éblouir.

Seul l'amour maternel ne trahit point, ne se
refroidit point. On ne peut ni l'amoindrir, ni
l'acheter. Il reste toute la vie le même. La mère
aime sans réfléchir. Grand, glorieux, beau,
orgueilleux, que votre nom vole de bouche en
bouche, que vos actions resplendissent dans le
monde entier, la tête de la vieille tremble de
joie, elle pleure et rit et murmure : c'est la mère.
Elle allume la petite lampe devant l'icône du
Sauveur, et prie longtemps, ardemment. Cependant la plupart des fils ne songent même pas à
partager leur gloire avec celles qui les enfantè-
rent... Pauvre d'âme et d'esprit, la nature vous
a-t-elle marqué de sa haine, la maladie vous a-t-
elle rongé le cœur ou le corps, le mépris universel
pèse-t-il sur vous, ne trouvez-vous point de place
dans le monde qui vous repousse? d'autant plus
grande est celle que la mère vous garde dans son
cœur. Elle n'en presse que plus tendrement
contre sa poitrine l'enfant monstrueux et malheureux ; et elle prie plus longtemps encore, plus
ardemment...

Faut-il donc voir dans Alexandre un être sans
cœur, parce qu'il avait l'énergie de partir. Il avait
vingt ans. A cet âge, les parents prudents ne
donnent aux enfants ni vin ni café, car le sang
bout assez sans excitants. Comment tenir en
place? Surtout il faut se représenter Alexandre

Fedoritch à cette époque. Toujours l'existence lui avait souri. Sa mère l'avait choyé et gâté comme on gâte et choie un fils unique. Sa nourrice lui avait dit et redit dans ses berceuses qu'il vivrait dans l'or et ne connaîtrait point la douleur. Ses maîtres lui avaient annoncé une brillante destinée ; à peine sorti de l'Université, la fille des voisins lui avait souri. Jusqu'au vieux chat Vaska qui semblait le préférer à tout autre.

Les souffrances, les pleurs, les misères, il en avait seulement ouï parler. L'avenir lui apparaissait resplendissant. Quelque chose l'attirait au loin, il ne savait quoi. Là-bas flottaient des apparitions enchanteresses et vagues et vibraient des sons, tantôt l'auréole de la gloire, tantôt le cri de l'amour. Tout cela le faisait tressaillir doucement.

Et bientôt sa maison lui sembla trop étroite. La nature, les caresses maternelles, la vénération de toute la dvornia [1], son lit moelleux, la bonne chère, les ronrons de Vaska, toutes ces bonnes choses si chères à l'âge mûr, il les eût volontiers toutes échangées contre cet inconnu si plein d'attraits ensorceleurs et mystérieux. Même l'amour de Sofia, son premier amour tendre et rose, ne le retenait guère. Qu'était-ce pour lui un tel amour ? Il rêvait d'une passion héroïque. Sofia, c'était l'amourette, en attendant le véritable amour. Puis

[1] Le personnel domestique.

il songeait aux services qu'il rendrait à sa patrie.
Il avait beaucoup étudié, beaucoup appris ; son
diplôme faisait foi qu'il savait vingt-deux sciences,
trois arts, et encore deux ou trois menues connais-
sances, ni arts ni sciences, Dieu sait quoi ! Mais
il ambitionnait, par-dessus tout, la gloire des lettres : ses poésies avaient jadis émerveillé ses con-
disciples. C'est ainsi que s'ouvraient devant ses pas
différentes voies, dont chacune lui semblait, tour à
tour, la meilleure. Il ne distinguait pas nettement
encore celle qui serait la sienne ; et peut-être, s'il
l'eût connue, ne serait-il point parti... Rester,
même pour faire plaisir à sa mère, le pouvait-il ?

Elle le désirait, c'était bien naturel. Dans son
cœur tous les sentiments avaient fait leur temps,
sauf un : l'amour maternel ; et elle vivait avec
emportement cette dernière passion ; en dehors
d'elle, que lui restait-il? La mort. Il est dès longtemps reconnu que le cœur des femmes ne peut
pas vivre sans amour. L'amour chez l'homme est
très compliqué. Il aime une femme et plusieurs à
la fois, et les honneurs, et le Clos-Vougeot, et les
chevaux, et tout cela, bien souvent, du même
amour, comme aussi il lui arrivera de se passer
fort bien d'amour. La femme concentre le plus
souvent sa passion sur le même objet ; elle peut
en changer, mais elle n'en aime qu'un à la fois.
Si elle n'a pas d'amour, elle s'en forge. L'amour
qu'on se forge s'appelle Idéal, et elle l'aime l'Idéal.

Fût-ce une fleur, un chien, il faut qu'elle aime jusqu'au dernier soupir.

La nature elle-même justifie Alexandre. Elle a voulu que les enfants ne rendent pas à leurs parents amour pour amour. Ils vont, cherchant devant eux un autre amour fait, non point d'apaisement, mais d'émotions, de souffrances même et de larmes. Alexandre était un enfant gâté, mais non vicieux. La tendresse de sa mère, le dévouement de la dvornia, n'avaient agi que sur ses bonnes qualités, développant dans son cœur une extrême confiance, et peut-être aussi l'amour-propre. Mais l'amour-propre n'est en soi qu'un moule : tout dépend de la matière qu'on y met. Ce qui était autrement grave, sa mère, avec toute son affection, n'avait pu lui inculquer la notion juste de la vie et le préparer à la lutte qui l'attendait. Il y eût fallu une main habile, un esprit délié, expert, capable de voir plus loin que l'horizon resserré de la campagne. Il eût même fallu qu'elle le chérît moins, qu'elle ne fût point sans cesse occupée uniquement de lui, écartant de lui les moindres soucis, les moindres ennuis et pleurant avec lui dans son enfance, mais qu'elle le laissât pressentir lui-même l'approche de l'orage, essayer ses forces, songer à sa destinée, en un mot apprendre son métier d'homme. Mais comment Anna Paulovna eût-elle songé à comprendre ces choses, et surtout les accomplir ?... Le lecteur a vu, il va voir encore quelle femme était Anna Pavlovna.

Elle ne songeait déjà plus à l'égoïsme de son fils, qui la trouva occupée à remettre en place dans la malle le linge avec les effets. Toute à sa besogne, elle semblait même un peu distraite de son chagrin.

— Regarde, Sachegnka, dit-elle, remarque bien où je range chaque objet. En bas, dans le fond, les draps de lit : une douzaine. Est-ce comme cela sur la liste?

— Oui, petite maman.

— Le tout marqué de ton chiffre, vois-tu ? A. A. C'est la petite colombe Soniouchka qui a fait tout cela. Et maintenant? Ah, voilà les taies d'oreiller. Une, deux, trois, quatre... toute la douzaine, là. Et les chemises : trois douzaines. La belle toile, dis ! rien qu'à la voir ! C'est de la toile de Hollande ; c'est moi qui suis allée la choisir à la fabrique, avec Wassili Wassilitch. Ne manque jamais de collationner sur le carnet, et d'examiner bien tout le linge que te rendra la blanchisseuse. Tout est neuf et beau ; des chemises pareilles, tu n'en verras pas beaucoup là-bas. Garde seulement que les blanchisseuses ne te les changent, car il y en a, pour sûr, parmi elles, qui ne craignent point Dieu... Chaussettes : vingt-deux paires. Sais-tu de quoi j'ai eu l'idée? De placer ton portefeuille avec l'argent dans l'une de tes chaussettes. D'ici à Pétersbourg, tu n'en auras pas besoin. Qu'il survienne — Dieu t'en préserve ! — un accident, on te fouillerait vainement, on ne trouverait rien. Et les lettres pour ton oncle, c'est aussi là que je les mets. C'est lui qui sera content ! Dire que, depuis dix-sept ans, nous n'avons plus échangé un seul mot ! Voilà les foulards et·les mouchoirs, sauf une demi-douzaine restée chez Soniouchka. Ne les perds pas, ces mouchoirs, mon ami ; c'est de la demi-batiste, et de la plus fine. Je l'ai moi-même achetée chez Mikheev, deux roubles et quart. C'est tout pour le linge, passons maintenant aux effets... Et Evsiei, où donc est-il? Pourquoi ne vient-il pas regarder, lui aussi ? Evsiei !

Evsiei, paresseusement, entra dans la chambre.

— Que voulez-vous? demanda-t-il languissamment.

— Ce que je veux ! répliqua Mme Adouiev en colère. Pourquoi n'es-tu pas ici à regarder comment je range? S'il te faut seulement, en route, prendre un objet dans la malle, tu bouleverseras tout ! Mais non : monsieur ne peut s'arracher à sa bonne amie... La journée est longue, tu as encore le temps, va. Regarde cette belle redingote : vois-tu où je la mets ? Toi, mon Sachegnka, prends-en bien soin ; ne la porte pas tous les jours. Quand tu iras voir du beau monde avec cette redingote, ne t'assieds point dessus, au hasard, sans faire

attention. N'imite point ta tante qui semble le faire
exprès : ne s'est-elle pas, l'autre jour encore,
assise sur une assiette de confitures ? Nous en
étions tout honteux... Quand tu t'en iras en visite
chez des gens ordinaires, mets plutôt ceci... Aux
gilets à présent : un, deux, trois, quatre... Deux
pantalons. Des vêtements, tu en as pour trois
années ! Mais que je me sens lasse, mon Dieu !
Ce n'est pas une plaisanterie, aussi ; je travaille
depuis ce matin. Evsiei, va-t-en ; j'ai à causer avec
Sachegnka. Les visites vont commencer, et nous
n'aurons plus le temps de nous entretenir.

Elle prit place sur le divan et fit asseoir son
fils à côté d'elle.

— Mon Sacha, fit-elle après un silence, voici
que tu t'en vas chez des étrangers : Dieu seul
sait ce qu'il t'adviendra là-bas de bon et de mauvais. J'espère que notre Père céleste te donnera
la force. Mais toi, mon ami, je te le recommande
par-dessus tout, souviens-toi bien qu'il n'est,
hors de la foi, point de salut. Tu arriveras aux
honneurs, là-bas ; tu seras quelqu'un ; car après
tout, nous en valons d'autres, ton père était noble,
major. Et pourtant, il te faudra toujours rester
humble devant Dieu. Prie-le dans le bonheur
comme dans l'adversité ; ne fais point comme il
est dit dans le proverbe : « Le moujik attend que
« la foudre éclate pour faire le signe de la croix. »
D'autres, tant que tout leur sourit, ne vont plus

à l'église, qui, le malheur venu, courent acheter des cierges d'un rouble et faire des larges-
ses aux pauvres. C'est un grand péché. Je t'ai
parlé des pauvres : ne gaspille pas avec eux ton
argent mal à propos, mon ami ; ne leur donne pas
trop. Tu les gâterais sans les émerveiller ; ils
boiraient ton argent et se riraient encore de toi.
Je te connais, tu as l'âme faible. Tu te laisserais
aller à leur donner même des grivienniki [1]. N'en
use pas ainsi : Dieu prendra soin d'eux. Et dis-
moi, fréquenteras-tu la maison du Seigneur? Le
dimanche, iras-tu à la messe de midi?

Alexandre gardait le silence. Il songeait qu'au
temps où il suivait les cours de l'Université, au
chef-lieu du gouvernement, il n'était point très
assidu à l'église ; à Gratchy, s'il y conduisait sa
mère, c'était par pure déférence pour elle. Il eût
rougi de mentir ; mais sa mère comprit son silence et soupira.

— Soit, reprit-elle. Je ne veux pas te contraindre. Tu es un jeune homme : tu ne saurais fré-
quenter l'église comme nous autres vieilles. Ton
service t'empêchera aussi ; ou bien, pour t'être
oublié dans quelque bonne société, tu ne pourras
te réveiller à l'heure. Mais ne te désole pas, Dieu
aura égard à ta jeunesse : ta mère priera pour

---

[1] Pluriel de griviennik, pièce de dix kopeks.

toi, elle ne s'attardera pas à dormir, elle. Tant qu'il me restera une goutte de sang, tant que les larmes n'auront pas desséché mes yeux, tant que Dieu prendra mes péchés en patience, je me traînerai jusqu'au seuil de l'église. Mon dernier soupir, ma dernière larme, seront pour toi. Je demanderai pour toi la santé, les grades, les croix, tous les bonheurs du ciel et de la terre. Lui, notre Père miséricordieux, il ne dédaignera point la prière d'une pauvre vieille. Moi, je n'ai besoin de rien. Qu'il m'ôte la santé, la vie, tout. Qu'il me rende aveugle pourvu qu'il t'envoie toutes les joies, tous les biens...

Elle n'acheva pas, les larmes coulaient de ses yeux. Alexandre se leva vivement.

— Ma petite maman..., dit-il.

— Assieds-toi, reprit-elle en essuyant rapidement ses yeux. J'ai encore bien des choses à te dire. Quoi donc? Je ne me rappelle plus. Vois-tu, quelle mauvaise mémoire!... Ah! oui... observe les jeûnes, mon ami, c'est chose grave; le mercredi et le vendredi, Dieu te pardonnerait encore. Mais le carême, Dieu te garde d'y manquer! Vois par exemple Mikhaïl Mikhaïlitch. Il passe pour un homme d'esprit; mais que fait-il? Les jours gras et la semaine sainte, c'est tout un pour lui; il dévore. C'est à faire dresser les cheveux. Sans doute il donne aux pauvres; mais crois-tu que le

Seigneur bénisse ses aumônes? Ecoute : un jour, il a donné à un vieillard un billet rouge [1] ; l'autre l'a pris, s'est détourné et a craché avec dégoût. Tout le monde le salue, et Dieu sait ce qu'on lui dit en face, mais derrière on se signe et on parle de lui comme d'un diable.

Elle se tut un moment.

— Avant tout, poursuivit-elle, prends bien soin de ta santé. Si, par malheur, tu allais tomber gravement malade, — ce que Dieu t'épargne ! — écris-le moi aussitôt. Je rassemblerai mes forces et je viendrai. Qui te soignerait, là-bas ? Il ne manquerait même pas de gens pour te dépouiller : un malade !... La nuit, ne t'attarde point dans les rues ; évite les mauvaises rencontres, et veille bien sur ton argent, mon Sachegnka ! Ne le dépense point mal à propos ; ne cède point à d'extravagantes fantaisies. Je t'enverrai bien exactement, deux mille cinq cents roubles par an. Je soignerai ton bien mieux que mes propres yeux. A ton retour, tu te marieras et tu le gèreras toi-même... Sais-tu que deux mille cinq cents roubles, ce n'est pas une plaisanterie ! Ne t'offre pas des plaisirs ruineux, mais ne te refuse pas non plus le possible. Si tu as envie de quelque douceur, ne lésine pas. N'achète pas beaucoup de livres : tu en as un tas, tu ne les lirais pas tous en un siècle,

[1] Dix roubles.

et puis tu en sais assez, il ne faut pas étudier à perpétuité, il faut en finir, autrement tu tomberais malade. Je ferai ranger tes livres dans un cabinet après ton départ... Ne va pas te mettre à boire : le vin, c'est le pire ennemi des hommes. Ah... de plus... (elle baissa la voix) prends garde aux femmes. Moi, je les connais bien. Il en est, de ces impudentes, qui, à la vue d'un garçon tel que toi, sauteront d'elles-mêmes à ton cou...

Elle couvrait son fils d'un regard tendre.

— Ne courtise pas les femmes mariées, reprit-elle, c'est un grand péché. Ne convoite point la femme d'autrui, comme dit la sainte Écriture. Et si quelqu'une voulait te marier, Dieu te préserve d'y songer ! Elles chercheraient bien vite à te duper, en te voyant si bonne mine, et de l'argent. Si pourtant c'était chez ton chef, ou chez quelque riche barine, qu'on aiguisât ainsi les dents à ton sujet !... qui sait? peut-être aurait-il l'idée de te donner sa fille ! Cela changerait les choses; seulement écris-moi. Je viendrai et je saurai au juste si l'on ne veut point tout bonnement se débarrasser d'une fille, une vieille fille ou quelque perdue... Si la demoiselle est jolie et riche, et si tu l'aimes, alors... (elle baissa encore la voix)... alors on verra à éconduire Soniouchka...

Son amour maternel lui eût fait commettre sans remords une mauvaise action.

— ... Qu'a-t-elle pu croire, en effet, Maria Karpovna ? Sa fille n'est point de ton rang. Une villageoise !

— Soniouchka ! Oh ! non, petite maman, je ne l'oublierai jamais ! s'écria Alexandre.

— Bien ! Bien ! mon ami, calme-toi. Ce n'était qu'une manière de parler. Fais ton temps de service, reviens, et nous verrons ce que Dieu décidera. Les fiancées seront toujours là, pourvu que tu ne les oublies pas. Ah...

Elle voulait lui poser une autre question, mais elle n'osait. Elle se pencha à l'oreille de son fils, et lui demanda tout bas :

— Tu te souviendras... de ta mère ?

— Vous oublier ? Comment pouvez-vous croire ? Mais Dieu me châtierait !

Anna Pavlovna pâlit.

— Arrête, Sacha, arrête ! pourquoi appeler *cela* sur ta tête ? Non, si même tu faisais un tel péché, je veux seule en souffrir. Tu es jeune, toi, au début de ta vie ; tu auras des amis, tu te marieras, ta femme te tiendra lieu de mère et de tout le reste. Non ! Dieu te bénisse comme je te bénis !

Elle l'embrassa sur la tempe, en pleurant ; et elle ne lui adressa plus d'autre exhortation.

— Mais comment personne n'est-il encore arrivé, dit-elle, ni Maria Karpovna, ni Anton Ivanitch, ni le pope ? La messe doit cependant être finie ! Ah ! voici quelqu'un. On dirait Anton Ivanitch. Mais oui ! On n'a qu'à le nommer, et voilà qu'il se montre.

Qui ne connaît Anton Ivanitch ? C'est le Juif-Errant. Ce type vient de loin. Il assistait aux cérémonies religieuses des Grecs et des Romains, mangeait le veau gras tué par l'heureux père pour fêter le retour de l'enfant prodigue. Chez nous, en Russie, on rencontre force variétés de ce type ; celui dont nous parlons était, si l'on veut, un pomestchik. Il possédait quelque part vingt âmes, grevées et surgrevées d'hypothèques. Il vivait dans une isba, qu'on eût prise plutôt pour un grenier. De ménage, point : personne n'avait jamais mangé, ni bu, ni pris du thé chez lui. Personne, au contraire, chez qui Anton Ivanitch n'eût festoyé au moins cinquante fois par an. Jadis il portait des culottes lâches avec un simple casaquin ; il avait maintenant une redingote et des pantalons dans la semaine, et, aux fêtes, un frac, Dieu sait de quelle coupe ! Il avait, sous ses vêtements démodés, l'air rond et fleuri ; car il n'éprouvait jamais ni soucis, ni émotions, quoiqu'il feignît de partager perpétuellement les soucis et les émotions d'autrui.

Au fond, il ne rendait service à personne ; et pourtant nulle fête sans lui, noce ou enterrement. On pourrait croire qu'il était utile, qu'on lui confiait des affaires d'importance, qu'on lui demandait conseil. Point du tout. Nul ne s'ouvrait à lui ; il ne savait rien, ne s'entendait à rien. En revanche, on le priait de saluer en passant un tel ou un tel; il s'acquittait de la commission et s'invitait à déjeuner pour la peine. Il avisait un tel qu'on avait reçu le papier, on ne lui avait pas dit lequel; on le chargeait de remettre à quelqu'un un tonnelet de miel ou des graines pour la semence, avec l'ordre de ne pas les égarer; on l'envoyait même en course, là où les domestiques étaient insuffisants : on ne pouvait faire aller Petrouchka ? — Anton Ivanitch ira; ce sera mieux fait. — Tu ferais mieux d'écrire ! objectait la femme. Mais pour nous autres Russes, écrire est si pénible que nous préférons faire dix verstes ou envoyer un domestique avec des instructions orales.

— Bonjour, petite mère Anna Pavlovna. J'ai l'honneur de vous féliciter pour votre nouvel embellissement.

— Lequel donc ? demanda Anna Pavlovna en se regardant du haut en bas.

— Eh ! le nouveau petit pont, près de la porte, il est tout récent, n'est-ce pas ? En arrivant, je n'entendais pas le sol crier en vacillant sous les roues, je regarde et qu'est-ce que je vois ? un pont neuf !

Anton Ivanitch avait toujours quelque compliment à faire à ses hôtes, à propos de la température, du printemps, ou de l'automne, ou de la gelée succédant à la chaleur, ou de la chaleur succédant à la gelée. Cette fois, il avait été obligé d'inventer un peu.

— Matréna Mikhaïlovna et Petr Sergueïtch vous saluent.

— Merci, Anton Ivanitch, et leurs enfants se portent bien ?

— Grâce à Dieu. Je vous amène la bénédiction de Dieu : le curé me suit. Et savez-vous ce qui est arrivé à Semen Arkhipitch ?

— Quoi donc ? demanda Anna Pavlovna effrayée.

— Il vous souhaite longue vie [1].

— Que dites-vous ? Depuis quand ?

— Depuis hier matin. J'ai été informé le soir même, je me suis rendu chez lui et je n'ai pas dormi de la nuit : ils pleuraient tous, il m'a fallu les consoler, donner des ordres...

— Dieu ! Seigneur Jésus ! Ce que c'est de nous ! Et comment ? La semaine dernière, vous m'avez saluée de sa part !

— Mais oui, ma petite mère. Il était pourtant malade depuis longtemps... D'ailleurs, un homme si vieux. Je m'étonne même qu'il ait tant vécu.

— Il n'aurait pourtant qu'une année de plus que feu mon mari. (Que le royaume du Ciel soit à lui !) Je plains la pauvre Fedossia Petrovna,

---

[1] Formule russe pour annoncer la mort.

qui reste avec cinq enfants sur les bras ! A quand l'enterrement ?

— Demain.

— Chacun son chagrin, Anton Ivanitch ; mon fils s'en va.

— Qu'y faire ? Nous sommes des hommes ! *Patiente*, a dit la Sainte Ecriture.

Le pope arriva, puis Maria Karpovna et sa fille Sofia, jeune personne au visage plein et rose, le sourire à la bouche, des larmes aux yeux. Les yeux et la physionomie de Sonia disaient : « J'aimerai simplement, je soignerai mon mari et lui obéirai en tout sans chercher à paraître plus intelligente que lui. Ce serait un péché. Je veux m'occuper du ménage, tirer l'aiguille, lui donner une demi-douzaine d'enfants, que je nourrirai, soignerai, habillerai moi-même. » La fraicheur de ses joues roses, sa poitrine précoce, confirmaient ces dernières promesses ; mais les larmes de ses yeux, et son sourire triste, lui prêtaient une fleur de poésie.

Sans plus tarder, on s'occupa des prières. A cet effet, Anton Ivanitch convoqua la dvornia, alluma les cierges, reçut les livres des mains du pope, lorsque celui-ci eut achevé sa lecture. Puis il versa de l'eau bénite dans un flacon qu'il fourra dans sa poche en disant :

— Ce sera pour Agafia Nikitichina !

On passa à table. Hormis Anton Ivanitch et le

pope, personne ne mangea. Mais Anton Ivanitch, lui, fit honneur au festin.

Anna Pavlovna ne cessait de pleurer et d'essuyer ses pleurs à la dérobée.

— Assez de larmes perdues, petite mère ! dit Anton en se servant un petit verre de liqueur. Est-ce que vous envoyez votre fils à un massacre, ou quoi?

Il but à moitié son petit verre et fit claquer sa langue.

— Voilà une liqueur ! Quel parfum ! Vous n'en trouveriez pas la pareille dans tout le gouvernement, petite mère, dit-il, débordant de joie.

— Oui, elle a trois... trois... elle a trois ans, répondit Anna Pavlovna entre deux sanglots. Ce n'est qu'aujourd'hui et à votre intention que je l'ai débouchée.

— Hé ! Anna Pavlovna, on devient triste en vous regardant !

— Jugez vous-même, Anton Ivanitch : c'est mon fils unique, et il s'en va bien loin de moi ! Je vais mourir, et personne pour m'enterrer !

— Et nous autres ! A quoi servons-nous ? Suis-je donc, moi, un étranger pour vous ? Et pourquoi aussi parler déjà de mourir ? Pourvu seulement que vous n'alliez pas convoler ? C'est moi qui danserais, à votre noce ! Assez pleuré comme cela !

— Je ne peux pas me retenir, Anton Ivanitch ; je ne peux vraiment pas.

— Un garçon de cet âge, le tenir en chartre !
Vous verrez ce qu'il saura faire, une fois que vous
lui aurez donné la liberté. Il va en acquérir, là-
bas, des honneurs !

— C'est du miel que me versent vos lèvres !...
Mais pourquoi avez-vous pris si peu de gâteaux ?
Reprenez-en.

— Je veux bien ; laissez-moi d'abord finir ce
morceau. A votre santé, Alexandre Fedoritch, et
bon voyage ! Revenez-nous bien vite, et mariez-
vous ! Quoi ! Sofia Wassilievna, vous avez rougi ?
Pourquoi ?

— Moi ! Pour rien... sais-je ?

— Oh ! jeunesse, jeunesse ! Hi ! Hi ! Hi !

—Avec vous, on oublie ses peines, Anton Ivanitch,
dit Anna Pavlovna. C'est merveilleux comme vous
savez égayer les gens. Dieu vous garde la santé !
Mais buvez donc encore un peu de liqueur !

— J'en boirai, petite mère, j'en boirai. Comment
ne pas boire au moment des adieux !

Le repas prenait fin. Déja la voiture avait été
attelée et attendait au bas du perron.

Les domestiques sortaient l'un après l'autre,
portant qui une malle, qui un paquet, qui un sac,
et rentraient pour prendre un autre colis : des
mouches autour d'un morceau de sucre.

— La malle serait mieux ainsi, disait l'un : il
faut mettre là les provisions de bouche.

— Et les pieds, alors, où les mettra-t-on ? Non,

il vaut mieux disposer la malle en long et les boî-
tes de côté.

— Bon ! pour que le matelas tombe ! En travers,
je te dis ! Et où a-t-on mis les bottes ?

— Je ne sais pas.

— Je n'y ai pas touché. Va donc voir si elles ne
sont pas restées en haut !

— Vas-y, toi !

— Et toi ? Qu'est-ce que tu fais là ! Tu vois bien
que je n'ai pas le temps !

— Et ceci encore ! criait une bonne passant un
petit paquet entre les têtes des domestiques.

— Donne ici !

— Et ceci encore ! disait une autre.

Elle était montée sur le marchepied et s'efforçait de poser dans la voiture une brosse et un
peigne.

— Et où veux-tu les mettre ? lui criait-on. Va
donc ! la malle est dessous !

— Qu'est-ce que ça me fait ? C'est la barinia qui
l'ordonne ! Jette-le si tu veux ; que le diable... !

— Donne donc ! je vais les mettre dans la po-
chette.

La korennaïa secouait sans cesse la tête, agitant
chaque fois la clochette qui sonnait les adieux,
tandis que les deux pristiajnaïas [1] restaient
mornes, la tête baissée, comme s'ils songeaient aux

---

[1] Korennaïa, cheval du milieu. Pristiajnaïa, cheval de côté.

fatigues du voyage : de temps en temps seulement,
ils secouaient la queue ou tendaient leur mâchoire
inférieure vers la korennaïa.

Enfin le moment fatal arriva. On fit encore une
prière.

— Asseyez-vous, asseyez-vous tous, ordonna
impérieusement Anton Ivanitch. Daignez vous
asseoir, Alexandre Fedoritch, et toi, Evsiei, assieds-
toi aussi, assieds-toi donc !

Et lui-même, pendant une seconde, s'assit au
bord de la chaise.

— Et maintenant, avec Dieu !

Alors Anna Pavlovna se prit à pleurer tout fort,
en se suspendant au cou d'Alexandre.

— Adieu ! Adieu ! mon ami ! sanglotait-elle. Te
reverrai-je encore ?

Une clochette tinta, devant la porte. Dans la
cour apparut une téléga attelée d'une troïka, et un
jeune homme en sortit vivement. Il accourut dans
la chambre et se jeta dans les bras d'Alexandre.

— Pospielov ! Adouiev ! firent-ils ensemble.

Et ils s'embrassaient.

— D'où viens-tu ? Comment...

— De la maison. Je cours depuis vingt-quatre
heures pour venir te dire adieu.

— Mon ami ! Mon ami ! Mon véritable ami ! dit
Alexandre les yeux mouillés. Faire cent soixante
verstes pour venir me dire adieu !... Adieu ! Oh !
l'amitié n'est pas un vain mot... Pour l'éternité,

n'est-ce pas? continuait-il en serrant avec effusion les mains de Pospielov.

— Jusqu'à la tombe! répondit l'autre en serrant plus fortement la main d'Alexandre.

— Ecris-moi!

— Oui! oui! Et toi aussi, écris-moi!

Anna Pavlovna ne savait comment remercier Pospielov.

On retarda le départ d'une demi-heure. On finit par se mettre en route : tous devaient aller à pied jusqu'au petit bois.

En traversant un corridor sombre, Sofia et Alexandre se précipitèrent dans les bras l'un de l'autre :

— Alexandre Fédoritch!

— Sofia Wassilievna! disaient-ils, dans leur étreinte éperdue!

— Vous m'oublierez, là-bas! sanglotait-elle.

— Oh! que vous me connaissez peu! Je reviendrai, croyez-moi, jamais aucune autre...

— Tenez, prenez vite, voici une boucle de mes cheveux avec une bague.

Il saisit vivement les deux objets qu'il cacha dans sa poche.

Anna Pavlovna, son fils et Pospielov marchaient maintenant les premiers; puis venaient Maria Karpovna et sa fille, et, derrière eux, le pope avec Anton Ivanitch. La voiture les suivait de près, lentement.

Cependant la dvornia entourait Evsiei sur le seuil de la maison.

— Adieu, Evsiei Ivanitch, adieu, mon petit pigeon, ne nous oublie pas ! entendait-on de toutes parts.

— Adieu, mes petits frères ! adieu ! ne gardez point de moi un mauvais souvenir !

— Adieu ! Evsieiouchka, mon jamais-trop-vu ! disait en l'embrassant sa mère. Voici une icône sainte : c'est ma bénédiction. Sois fidèle à ta foi, Evsiei ; ne deviens pas un hérétique, ou je te maudirais. Ne t'enivre pas, ne vole pas ; sers ton barine loyalement. Adieu ! Adieu !

Elle se couvrit le visage de son tablier et s'éloigna :

— Adieu ! petite maman ! murmura lentement Evsiei.

Une fillette de douze ans s'élança vers lui.

— Dis donc adieu à ta petite sœur ! fit une baba.

— Ah ! te voilà aussi, dit Evsiei en l'embrassant. Allons ! allons ! Adieu ! Va-t-en maintenant pieds nus dans ton isba.

A l'écart de tous, la dernière, se tenait Agrafena, pâle, presque verte.

— Adieu, Agrafena Ivanovna, dit Evsiei lentement, d'une voix traînante, en tendant les mains vers elle.

Elle se laissa embrasser, mais ne répondit que par une grimace.

— Voici pour toi, prends, dit-elle en tirant de son tablier et en lui offrant un sac qui semblait bien garni. C'est maintenant que tu vas t'amuser avec les gens de Pétersbourg.

Et elle lui lança un regard où se lisaient son chagrin et sa jalousie.

— Moi, m'amuser ! moi ! commençait Evsiei. Que Dieu m'écrase ici même, que mes yeux soient crevés, que le sol s'ouvre pour m'engloutir à l'instant, si là-bas je...

— Bon ! bon ! grommela Agrafena avec une expression d'incrédulité. Et toi...

— Ah ! j'oubliais ! fit Evsiei.

Il sortit de sa poche un jeu de cartes sale et taché de graisse.

— Voici pour vous, Agrafena Ivanovna ! C'est un souvenir. Ici, vous n'en pourriez trouver nulle part.

Elle tendit la main.

— Donne-moi-les, à moi, Evsiei Ivanitch, s'écria Prochka.

— Toi ! Je les brûlerais plutôt que de te les donner !

Et il remit les cartes dans sa poche.

— Donne-les-moi, imbécile ! dit Agrafena.

— Non, Agrafena Ivanovna. Faites ce que vous voudrez, vous ne les aurez pas. Vous joueriez avec lui. Adieu !

Sans tourner la tête, il fit un mouvement de la main, et suivit la voiture d'un pas lent.

— Maudit ! cria Agrafena. Adieu !

Elle le regardait s'en aller, en s'essuyant les yeux avec son mouchoir.

Tous avaient fait halte auprès du petit bois. Pendant qu'Anna Pavlovna faisait ses adieux à son fils, Anton Ivanitch caressait le cou du cheval. Puis il le secoua par les naseaux : cette familiarité parut déplaire à la bête, qui renâcla.

— Resserre la sous-ventrière de la korennaïa, dit-il au yamstchik, elle est dérangée.

Le yamtschik, voyant la sous-ventrière à sa place, ne remua point et fit claquer son fouet.

— Il est temps, dit Anton Ivanitch, que Dieu soit avec vous. Assez de tourment comme cela, Anna Pavlovna. Vous, Alexandre Fédoritch, montez dans la voiture ; il faut gagner Chichkovo avant la nuit. Adieu! Adieu ! Que le Seigneur vous comble de prospérité, d'honneurs, de croix, de tout ce qui est bon et beau, tous les biens, tous les trésors ! Adieu! Touche tes chevaux, dit-il au yamstchik ; mais prends soin de rouler doucement aux montées.

Alexandre, tout en larmes, prit place dans la voiture. Evsiei s'approcha de la barinia, la salua jusqu'à terre et lui baisa les mains. Elle lui donna un billet de cinq roubles.

— Veille sur ton maître, Evsiei. Sois vigilant. Si tu sers fidèlement, je te marierai avec Agrafena; sinon...

Elle ne put achever. Evsiei grimpa sur le siège.

Le yamstchik, ennuyé par une longue attente, sembla se ranimer. Il enfonça son bonnet sur ses tempes, s'installa commodément, et leva les guides. Les chevaux partirent d'une allure d'abord assez lente. Le yamstchik fouetta tour à tour les deux pristiajnaïas; ils sautèrent, prirent le galop, et la troïka se perdit dans le bois.

La foule demeura immobile dans un nuage de poussière jusqu'à ce que la voiture eût disparu. Ce fut Anton Ivanitch qui le premier revint à lui.

—Maintenant, dit-il, à la maison !

De la voiture, Alexandre avait regardé aussi longtemps qu'il l'avait pu, puis il s'était laissé tomber sur les coussins.

— Ne me laissez pas, Anton Ivanitch. Dînez avec nous, dit Anna Pavlovna.

— Très bien, petite mère, je dînerai et je souperai chez vous aujourd'hui.

— Passez donc aussi la nuit !

— Comment donc ! Et l'enterrement?

— C'est vrai, je n'insiste pas. Saluez donc de ma part Fedorovna Petrovna, et dites-lui que je suis très affectée de son malheur ; que je serais allée la voir moi-même, mais que Dieu m'a envoyé, à moi aussi, une épreuve.

—Je n'y manquerai pas.

—... Où est-il, maintenant, mon pigeon? murmurait-elle, en se retournant comme pour le chercher. Plus ! Il n'y est plus !

Et Mme Adouiev resta tout le jour silencieuse. Elle ne dîna ni ne soupa. En revanche Anton Iva-nitch parla, dîna, soupa.

— Maintenant, il doit être à Neplonev. Mais non ! qu'est-ce que je dis là ! Il n'est pas encore arrivé à Neplonev, mais il s'en rapproche. C'est là qu'il prendra du thé, disait Anton Ivanitch.

— Non, dans ces moments-là, il ne prend jamais de thé.

Ainsi Anna Pavlovna voyageait-elle en pen-sée avec son fils. Plus tard, lorsqu'elle jugea qu'Alexandre devait être rendu à Pétersbourg, elle pria, fit des réussites et s'entretint de lui avec Maria Karpovna.

Et lui? Nous le retrouverons à Pétersbourg.

CHAPITRE II

Petr Ivanovitch Adouiev, l'oncle de mon héros, avait été envoyé, lui aussi, à Pétersbourg, lors de sa vingtième année, par son frère aîné, le père d'Alexandre, et il y vivait, sans jamais en sortir, depuis dix-sept ans. Depuis la mort de son frère, il n'avait pas échangé une seule lettre avec les siens, et Anna Pavlovna n'avait plus reçu de ses nouvelles depuis qu'il avait vendu son petit domaine, situé dans le voisinage de son domaine à elle.

A Pétersbourg il passait, non sans raison peut-être, pour un homme riche. Il tenait un emploi auprès d'un haut fonctionnaire des Missions particulières; il arborait plusieurs rubans à sa boutonnière, habitait un bel appartement sur une belle rue, et avait à son service trois hommes et trois chevaux. Il n'était point âgé, mais ce qu'on appelle un homme « exactement dans le bon âge, » entre trente-cinq et quarante ans. Il n'aimait guère, d'ailleurs, à parler de son âge; non par un vulgaire amour-propre, mais en vue, semblait-il, d'un dessein prémédité, comme s'il eût voulu assurer sa vie à un taux plus élevé. Du moins le souci de plaire aux belles n'était pour rien dans cette dissimulation.

De haute stature, bien proportionné, il était de ces gens dont les dehors, les allures, la taille droite et la corpulence rappellent, non plus l'Apollon du Belvédère, ce type de la jeunesse svelte, mais un centaure, avec quelque chose de massif dans l'élégance et dans la légèreté ; ce qui s'appelle chez nous un *bel homme*.

Ses traits étaient longs, réguliers, un peu forts, sans exprimer ni bonhomie ni méchanceté, ni grand esprit, ni sottise, sans rien révéler qu'un flegme, une tranquillité qui n'offraient d'ailleurs rien de rebutant. Quoi qu'on lui dît, quoi qu'on fît devant lui, qu'on jouât un drame, un vaudeville, ou le « Don Juan » de Mozart, ou « les Jardins ou les Potagers [1], » qu'on prononçât un mot spirituel ou une bêtise, il accueillait tout du même regard, sans rire ni pleurer. Jamais une impression, bonne ou mauvaise, ne le mettait hors de lui.

On n'aurait pu dire pourtant qu'il eût un *visage de bois*, mais sa physionomie était toujours égale à elle-même. Il s'habillait avec soin, avec élégance même, mais sans trop de recherche : il avait du goût. Son linge était très propre, ses mains blanches et potelées, ses ongles longs et nets.

[1] Chanson populaire russe.

Un matin, à son réveil, son valet lui apporta,
avec le thé, trois lettres ; le valet ajouta qu'un
jeune barine « Alexandre Fedorich Adouiev » était
venu voir « Petr Ivanovitch, son oncle », et qu'il
avait promis de repasser à midi.

Petr Ivanovitch accueillit la nouvelle avec son
flegme habituel ; il tendit seulement l'oreille et
releva les sourcils.

— Bon ! va-t-en ! dit-il au valet.

Il prit une des trois lettres pour la décacheter.
Il s'arrêta, pensif.

— Un neveu de province ; voilà une surprise !
murmura-t-il. Moi qui me croyais oublié là-bas !
Bah ! pourquoi des cérémonies, entre nous ? Je
m'en débarrasserai.

Il sonna.

— Dis à ce monsieur, quand il reviendra, que
sitôt levé je suis parti pour la fabrique, et que j'y
resterai trois mois.

— J'entends, répondit le valet. Mais que voulez-
vous qu'on fasse des cadeaux ?

— Quels cadeaux ?

— Un valet les a apportés. « Ma barinia, a-t-il
dit, vous envoie des cadeaux du village. »

— Des cadeaux ?

— Oui : un tonnelet de miel, avec un sac de
framboises séchées.

Petr Ivanovitch haussa les épaules :

— Et puis ?

— Et puis deux pièces de toile avec des confitures.

— Je suppose qu'elle doit être belle, la toile !

— Mais oui, elle est fort belle, et les confitures fort sucrées.

— Va-t-en, je vais voir moi-même.

Il prit une lettre, la décacheta et la parcourut des yeux. C'était tout à fait la grosse écriture slave : la lettre V était figurée par deux bâtons barrés en haut et en bas, et le K, simplement par deux bâtons. Pas la moindre trace de ponctuation.

Adouiev lut à demi voix :

« Cher monsieur Petr Ivanovitch,

« Ayant entretenu, avec votre défunt père, d'excellents rapports d'amitié, et mangé très souvent chez vous le pain et le sel ; vous ayant fait vous-même, tout petit, sauter sur mes genoux, j'ai conservé de l'affection pour vous, et je suis persuadé que, de votre côté, vous n'avez pas oublié Wassili Tikhonovitch. Nous autres, ici, nous parlons toujours de vous et des vôtres, et nous prions Dieu pour vous. »

— Quel est ce sauvage ? Qui donc m'écrit cela ? se demandait Petr Ivanovitch.

Il regarda la signature :

— Wassili Zaiezjalov ! Qu'on me tue si je me rappelle ce nom ? Que me veut-il ?

Et il reprit la lecture de la lettre :

« Ne repoussez point mon humble et importune requête, petit père. Il s'est noué sur moi un maudit, un lourd procès; depuis sept ans, je ne puis me l'ôter du cou. Vous rappelez-vous le petit bois, à deux verstes de ma propriété? Le scribe a commis une erreur dans le contrat d'achat, et mon adversaire, Medviedev, s'est entêté là-dessus. « Le point même, dit-il, est faux, je n'en démordrai pas. » C'est ce même Medviedev qui pêchait sans permission dans votre étang. Votre défunt père le surprenait et lui faisait honte; il voulait le traduire en justice, puis, par bonté d'âme — Dieu l'ait reçu au ciel — il pardonnait. Mais c'est un péché d'épargner un malfaiteur pareil. Secourezmoi, petit père Petr Ivanovitch ! A cette heure l'affaire est au Sénat: dans quel département? chez qui? je l'ignore; mais vous le sauriez bien vite, vous, assurément. Allez voir le secrétaire et le sénateur, et disposez-les en ma faveur. Ditesleur que d'une erreur, d'une simple erreur dans le contrat d'achat proviennent tous mes tourments. Vous obtiendrez tout. Par la même occasion, ayez-moi un diplôme de trois tchins et me l'envoyez. Petit père Petr Ivanovitch, j'ai encore à vous adresser une autre requête de la dernière importance. Venez cordialement au secours d'un martyr innocent qu'on persécute, aidez-le de vos conseils et de vos actes. Nous avons ici, dans

l'administration de notre gouvernement, un sovetnik [1] appelé Drojjov. Ce n'est pas un homme,
c'est un lingot d'or; il mourrait plutôt que de
trahir son ami. Dans la ville, je n'ai pas
d'autre logis que le sien; quand j'arrive, c'est
chez lui que je vais tout droit, et pour des semaines. Dieu me garde d'avoir même l'idée de des-
cendre chez un autre ! Il me fait manger, boire,
jouer toute la soirée au boston. C'est un tel homme
qu'on a osé dénoncer; et le voilà forcé aujourd'hui
de prendre sa retraite. Allez voir, mon père véritable, tous les grands de là-bas. Montrez-leur bien
quel homme c'est que cet Afanassi Ivanitch! Y
a-t-il une affaire à débrouiller ? l'ouvrage lui
bout dans la main, tant il va vite. Dites que la
dénonciation est fausse, que c'est une vengeance
du secrétaire du gouvernement : vous serez
écouté. Répondez-moi par le retour de la poste.
Allez aussi voir mon vieux camarade de service,
Kostiakov. J'ai su d'un personnage de passage ici,
Studenitsin, un de chez vous, de Pétersbourg —
vous le connaissez sans doute, — que ce cher ami
demeure aux Peski. Les gamins vous montreront
son logis. Répondez-moi de suite, courrier par
courrier. Écrivez-moi sans retard s'il est encore
de ce monde, comment il va, ce qu'il devient.
Faites connaissance, liez amitié avec lui. C'est un

[1] Conseiller.

homme distingué, le cœur sur la main, et un cau-
seur incomparable ! Je terminerai ma lettre par
une autre petite requête... »

Adouiev s'interrompit : il déchira d'un geste
lent, la lettre en quatre morceaux qu'il jeta au
panier, sous la table. Puis il s'étira et bâilla.

Il prit ensuite la seconde lettre et lut, toujours
à demi voix :

« Bien cher frère, très cher monsieur Petr Ivanovitch »

— Qu'est-ce que cette sœur ? se dit Adouiev,
en cherchant la signature... Maria Gorbatova ?

Il leva les yeux au plafond comme pour rappeler
ses souvenirs.

— Qui diantre ce peut-il être ? Bien sûr, quelqu'un que je connais. Ah ! j'y suis. Mon frère
avait épousé une Gorbatova ; et celle-ci, c'est évidemment sa sœur... Oui, je m'en souviens maintenant.

Il lut, soucieux :

« Quoique la destinée nous ait séparés, peut-
être à jamais, et que s'étende entre nous le gouffre
des années écoulées... »

Il sauta quelques lignes et reprit :

« Jusqu'au tombeau de ma vie [1] je me rappellerai nos jeux d'antan, au bord de notre étang. Un
jour, au péril de votre vie et de votre santé, vous

---

[1] Locution russe.

êtes entré dans l'eau jusqu'aux genoux ; et, parmi les roseaux, vous m'avez cueilli une grande fleur jaune. De la tige coupée jaillit une liqueur jaune, qui salit nos mains ; vous avez pris alors de l'eau dans votre toque pour nous les laver. Que nous avons ri de cette aventure ! Oh ! que j'étais heureuse ! J'ai gardé la fleur jaune, séchée, entre les feuillets d'un livre.

Adouiev s'interrompit. Visiblement, ces détails ne l'enchantaient pas. Il hocha la tête.

« ... Et vous, avez-vous encore le petit ruban que vous m'avez pris dans ma commode, malgré mes cris et mes supplications ? »

— Moi ! fit Petr Ivanovitch ; moi ! pris un ruban ?

Au bout d'un moment il se remit à lire, non sans avoir sauté encore des lignes :

« Je me suis vouée au célibat, et je suis heureuse. Personne ne m'empêche de resonger aux heures bénies. »

— Oh ! cette vieille fille ! se disait Petr Ivanovitch. Il n'est pas surprenant qu'elle ait conservé des fleurs jaunes dans la tête ! Que raconte-t-elle encore ?

« Et vous, mon cher frère, êtes-vous marié ? Avec qui ? Quelle est la douce amie qui a fleuri le chemin de votre existence ? Dites-moi son petit nom ; je veux la chérir comme une sœur, joindre, dans mes pensées, son image à votre image, prier

pour vous deux. Si vous ne vous êtes point marié,
dites-moi pourquoi, écrivez-le moi franchement.
Personne ici ne lira vos secrets : je les tiendrai
sur ma poitrine ; on ne me les arrachera qu'avec
le cœur. Ne tardez pas trop, je serais si contente
de lire au plus tôt vos lignes sans prix. »

— C'est bien plutôt toi, pensa Petr Ivanovitch,
qui écris des lignes sans raison !

« J'ignorais, lut-il encore, que notre cher
Sachegnka se fût décidé tout d'un coup à aller
dans notre belle capitale. Quel bonheur est le
sien ! Il verra les maisons magnifiques, les magasins luxueux ; il se repaîtra de délices, et pressera
contre son cœur son oncle bien-aimé. Moi,
cependant, je pleurerai au souvenir des joies
d'antan... Si j'avais connu plus tôt son départ,
j'aurais passé les jours et les nuits assise à vous
broder un coussin : un Arabe avec deux chiens.
Vous ne sauriez croire combien la vue de ce dessin
m'a souvent rempli les yeux de larmes. Quoi de
plus saint, en effet. que l'amitié et le dévouement ? Maintenant, une pensée me préoccupe. Je
veux consacrer mes jours à... mais non, je n'ai
point de laine assez belle. Je prie humblement
mon très cher frère de m'envoyer, suivant les
échantillons que je joins à ma lettre, de la meilleure laine anglaise prise au meilleur magasin,
et le plus tôt possible. Mais quelle affreuse idée
paralyse ma main ? Peut-être nous avez-vous

oubliés... Comment penser à une pauvre malheureuse qui vit loin du monde et qui pleure ?... Mais
non ! je ne veux pas croire que vous soyez un
égoïste comme les autres hommes. Mon cœur
me le dit : parmi les délices et les voluptés de
notre merveilleuse capitale, vous nous avez gardé
vos anciens sentiments. Cette idée est un baume à
mon âme souffrante... Adieu, je ne puis écrire
plus longuement, car ma main est tremblante. Je
suis, jusqu'au tombeau, votre

Maria GORBATOVA.

« P. S. — N'auriez-vous pas chez vous, petit
frère, de jolis petits livres ? Envoyez-les moi, s'ils
ne vous font pas besoin. A chaque page je pen-
serai à vous, en pleurant. Ou bien achetez-m'en
dans quelque librairie, mais à bon marché. On
m'a parlé des beaux ouvrages de M. Zakoskine et
de M. Marlinski : c'est de ceux-là qu'il faudrait
m'envoyer. J'ai aussi vu dans les gazettes l'annonce
d'un livre intitulé : *Des préjugés*, par M. Pouzine.
Je ne peux souffrir le préjugé. »

La lettre lue, Adouiev allait lui faire subir le
même sort qu'à la première, lorsqu'il s'arrêta et se
ravisa.

— Non, se dit-il, je la conserverai. Je sais des
gens qui aiment et collectionnent les lettres de ce
genre. Peut-être obligerai-je quelqu'un en lui en
faisant don.

Il la jeta dans un petit vide-poche en perles appendu au mur. Il prit ensuite la troisième lettre et lut :

« Mon bien-aimé beau-frère Petr Ivanovitch,

« Rappelle-toi nos adieux, voilà dix-sept ans. Dieu m'a donné de bénir aujourd'hui, pour un lointain voyage, mon propre enfant. Aime-le, petit père, en souvenir du défunt, notre petit pigeon Fedor Ivanovitch. Sachegnka lui ressemble fort. Dieu seul sait combien a souffert mon cœur de mère en le voyant s'en aller aux pays étrangers. C'est chez toi, tout droit, que j'envoie mon cher enfant; je lui ai défendu d'aller ailleurs.

Adouiev secoua de nouveau la tête.

— La sotte vieille ! murmura-t-il. Il reprit :

« Lui, bien certainement, dans son inexpérience, il serait allé à l'hôtel; mais moi, sachant bien que cela affligerait son oncle, je l'ai engagé à se rendre directement chez toi. Quelle joie pour tous deux, quand vous vous saluerez ! Ne lui refusez pas vos bons conseils, bien-aimé beau-frère, prenez-le sous votre protection. Je vous le confie de mes mains à vos mains. »

« ...Car vous êtes, là-bas, continua Petr Ivanovitch après un temps d'arrêt, vous êtes le seul qui puissiez l'aider. Veillez sur lui; ne le gâtez pas trop; mais ne lui soyez pas non plus trop rude. Assez de gens le rudoieront, assez d'étrangers; mais, pour le caresser, personne que son parent. Il est si tendre lui-même ! Dès que vous l'aurez vu, vous ne voudrez plus vous en séparer. Et ce chef qui l'aura sous ses ordres, dites-lui bien de veiller sur mon Sachegnka, de le traiter avec douceur; cela, je le demande avant tout ! Nous l'avons tant gâté, ici ! Tenez-le bien loin du vin et des cartes. Sans doute que la nuit vous dormirez dans la même pièce. Sachegnka est habituée à dormir sur le dos; aussi, le pauvre, lui arrive-t-il souvent de remuer et de gémir pendant son sommeil. Éveillez-le, doucement, et lui faites un signe de croix; et il s'apaisera aussitôt. L'été, couvrez-lui la bouche d'une toile, car il l'ouvre en dormant, et les maudites mouches y pénètrent, dès l'aube. Ne le laissez pas, non plus, manquer d'argent... »

Adouiev se renfrogna, mais bientôt son visage se rasséréna de nouveau, lorsqu'il lut :

« Je vous enverrai ce qu'il faudra. Je lui ai remis mille roubles, pourvu qu'il n'aille pas les perdre à des futilités. Pourvu que des méchants ne les lui dérobent pas ! On dit que vous avez là-bas, dans votre capitale, force larrons, force gens sans aveu ! Pour finir, portez-vous bien, mon cher beau-frère. J'ai absolument perdu l'habitude d'écrire. Mais je demeure, de toute mon âme, votre dévouée belle-sœur

« A. Adouieva.

P. S. — Je profite de l'occasion pour vous envoyer de menus cadeaux rustiques : des framboises de notre jardin, du miel blanc, net comme une larme, de la toile de Hollande pour deux douzaines de chemises, et des confitures de ménage. Portez et mangez cela « à votre santé. » Je vous en renverrai quand vous n'en aurez plus. Surveillez aussi Evsiei : c'est un garçon paisible et sobre; mais, dans la capitale, peut-être se dissipera-t-il. Dans ce cas, on peut fort bien le fouetter. »

Petr Ivanovitch posa lentement la lettre sur la table, prit plus lentement encore un cigare, le tourna entre ses doigts et l'alluma. Il songeait au *jeu,* — comme il l'appelait dans son for — intérieur — au jeu que jouait avec lui sa belle-sœur. Et il ne tarda pas à distinguer clairement et ce qu'on attendait de lui, et ce qu'il devait faire lui-même.

Voici comment il s'expliquait l'affaire : Ce neveu, il ne le connaissait point, et par suite, ne l'aimait point; son cœur ne lui imposait aucune obligation; il fallait donc juger ici suivant la logique et la justice. Son frère s'était marié; il avait goûté les joies de la vie familiale; pourquoi lui, Petr Ivanovitch, lui qui n'avait point connu les douceurs du mariage, irait-il se donner du souci pour le fils de son frère? Point de raison à cela, évidemment.

Et cependant... D'abord la mère avait envoyé
son fils tout droit chez lui, l'avait remis dans ses
mains. Elle ignorait s'il voudrait s'en charger, ni
même s'il était en vie, et s'il se trouvait en
mesure de faire quelque chose pour son neveu.
Cela, certes, était sot; mais quoi! la chose
était faite, son neveu était à Pétersbourg, sans
aide, sans relations, sans même une recomman-
dation pour qui que ce fût, tout jeune, tout inex-
périmenté. Avait-il le droit, lui, Petr Ivanovitch,
de l'abandonner aux caprices de la destinée, de le
jeter dans la foule, sans conseils, sans instructions? S'il arrivait malheur au jeune homme,
n'en serait-il pas responsable, lui, devant sa conscience?

A ce propos, Adouiev se rappela comment,
voilà dix-sept ans, feu son frère et cette même
Anna Pavlovna l'avaient lui-même envoyé à
Pétersbourg. S'ils n'avaient pu, eux, l'aider en rien
à la ville, s'il avait dû faire lui-même son chemin,
il se rappelait, du moins, les larmes de sa belle-
sœur, sa bénédiction toute maternelle, ses baisers,
ses gâteaux, et les mots, les derniers qu'elle lui
eût dits : « Qui sait? lorsque Sacha (alors âgé de
« trois ans), lorsque Sacha sera grand, peut-être
« aurez-vous aussi, beau-frère, à le protéger ! »

Petr Ivanitch se leva, et marcha rapidement vers
l'antichambre.

— Wassili, dit-il, quand mon neveu reviendra,

ne l'éconduis pas. Tu vas t'informer si la chambre du haut est occupée, celle que nous avons rendue dernièrement ; si elle est libre, retiens-la pour moi !... Ah ! voilà les cadeaux ! Qu'en allons-nous faire ?

— L'épicier les a vus tantôt, comme on les montait. Il a demandé si nous ne lui céderions pas le miel. Il le paierait un très bon prix ; il se chargerait aussi des framboises.

— Bon ! donne-les lui. Mais que ferons-nous de la toile ? n'en pourrait-on faire des housses ? C'est cela, renferme la toile, et aussi les confitures. On les mangera, elles ont l'air bonnes.

Petr Ivanovitch commençait à peine à se raser lorsque parut Alexandre Fedoritch. Il allait sauter au cou de son oncle ; mais celui-ci, saisissant d'une poigne solide son bras jeune et délicat, le tint à distance, comme pour mieux l'examiner, mais bien plutôt, sans doute, pour arrêter cet élan et le réduire à une poignée de mains.

— C'est vrai, fit-il, ce que m'écrit ta mère : tu es la vivante image de feu mon frère. Je t'aurais reconnu dans la rue. Seulement tu es mieux que lui. A présent, si tu le veux bien, je vais continuer, sans façon, à me raser ; toi, assieds-toi là, en face de moi, que je te regarde et que nous causions.

Ce disant, Petr Ivanovitch poursuivit son opération comme s'il eût été seul chez lui, savonnant

ses joues, promenant sa langue à droite et à gauche.
Alexandre, intimidé par cet accueil, ne savait
comment lier conversation. Il attribuait la froideur
de son oncle au retard qu'il avait apporté à des-
cendre tout droit chez lui, dès son arrivée.

— Eh bien! comment va ta mère? Elle a dû
vieillir, je suppose, dit l'oncle en grimaçant devant
son miroir.

— Petite maman, grâce à Dieu, va fort bien;
elle vous salue, ainsi que ma petite tante
Maria Pavlovna Gorbatova, dit Alexandre timidement. Ma petite tante m'a chargé de vous embrasser.

Et, se levant, il s'approcha de son oncle, pour
le baiser à la joue, à la tête ou aux épaules, où il
pourrait.

— Ta petite tante pourrait bien, avec les ans,
prendre un peu de bon sens; elle est, je le vois,
aussi sotte qu'il y a vingt ans.

Alexandre, abasourdi, regagna son siège à recu-
lons.

— Avez-vous reçu sa lettre, petit oncle?
demanda-t-il.

— Oui.

— Wassili Tikhonovitch Zaiezjalov, dit encore
Alexandre, vous prie instamment de vous occuper
sur-le-champ de son affaire.

— Oui, il m'a écrit, lui aussi. Il paraît que

vous avez encore chez vous des ânes de cette espèce.

Alexandre ne savait que penser, stupéfait par de telles réponses.

— Pardonnez-moi, petit oncle, fit-il presque en tremblant.

— Et quoi?

— Pardonnez-moi de n'être point venu tout droit chez vous, et de m'être arrêté au bureau des diligences. Je ne connaissais pas votre logis.

— Pourquoi t'excuser? Tu as parfaitement agi. Dieu sait ce qu'elle s'est imaginé, ta petite mère. Comment venir chez moi avec tous tes effets, avant de savoir si tu pourrais ou non t'installer ici? J'ai, tu le vois, un logement de garçon, et de garçon seul : chambre, salon, salle à manger, cabinet de travail, garde-robe, et cabinet de toilette. Point d'autre chambre. Ici, je te gênerais et tu me gênerais... Mais je t'ai trouvé un logement dans la maison.

— Ah! petit oncle, dit Alexandre, comment vous remercier?

Et de nouveau il s'élançait, désireux de manifester sa reconnaissance par des caresses.

— Doucement, doucement; ne me touche pas.., Le rasoir est très affilé, tu te blesserais, et moi aussi.

Alexandre vit bien que, malgré tous ses efforts,

il ne réussirait point, ce jour-là, à embrasser son oncle chéri ; il remit la chose à plus tard.

— La chambre est fort gaie, reprit Petr Ivanovitch. Les fenêtres, à la vérité, ouvrent sur des murs ; mais tu ne passeras pas ta journée à la fenêtre ; si tu restes chez toi, tu t'occuperas au lieu de bâiller aux corneilles. Puis, ce n'est pas cher : quarante roubles par mois, avec une antichambre pour ton valet. Il te faut apprendre sans plus tarder à vivre seul, sans nourrice, à te créer un petit intérieur, c'est-à-dire une table, du thé, un petit coin à toi, en un mot un *chez soi*, comme disent les Français. Là, tu seras libre de recevoir qui bon te semblera. D'ailleurs, les jours où je dînerai chez moi, je t'engage fort à venir ici ; les autres jours, au contraire des jeunes gens qui, à Pétersbourg, mangent d'habitude au restaurant, — je te conseille de te faire apporter tes repas chez toi. Tu seras plus tranquille, et ne risqueras point de rencontrer Dieu sait qui ! N'est-ce pas ?

— Je ne puis que vous remercier, petit oncle.

— Que parles-tu de remerciement ? Tu es mon parent ; je ne fais que mon devoir... Mais j'ai maintenant à m'habiller et à sortir ; je dois m'occuper de mon service et de ma fabrique.

— Je ne savais pas, petit oncle, que vous eussiez une fabrique.

— De verrerie et de faïence. A parler vrai, je ne suis point seul ; j'ai deux associés.

— Cela marche-t-il bien ?

— Oui, assez. Nous vendons surtout dans les gouvernements du Centre, aux foires. Ces deux années-ci, ç'a été superbe. Encore cinq années comme cela, et alors !... Un des associés, il est vrai, nous cause du souci : il fait la noce. Mais je sais le maintenir... A revoir ! Toi, va voir la ville, flâne, dîne où tu voudras ; ce soir, viens prendre le thé avec moi ; j'y serai. Nous causerons. — Hé ! Wassili, tu montreras à monsieur sa chambre et tu l'aideras à s'installer.

— Voilà donc comment ils sont, à Pétersbourg ! pensait Alexandre, assis sur une chaise dans son nouveau logis. Si les oncles sont ainsi, que seront donc les autres, les étrangers ?

Il se promenait dans sa chambre tout songeur, tandis qu'Evsiei se parlait à lui-même en arrangeant l'appartement.

— En voilà une vie, ici ! grommelait-il. Chez Petr Ivanovitch, il paraît qu'on allume le feu à la cuisine une fois par mois, sans plus. Ses gens mangent dehors. Dieu ! En voilà un petit peuple, vraiment... Et on les appelle des Pétersbourgeois ! Mais chez nous, le dernier des chiens mange dans une écuelle à lui !

Alexandre semblait partager l'opinion d'Evsiei ; mais il gardait le silence. Il alla à la fenêtre, et vit des tuyaux de cheminées, des toits, des murs de briques noirs et sales ; il compara à ce spectacle

le paysage qu'il contemplait quinze jours auparavant par la fenêtre de sa maison, au village, et il
devint triste.

Il sortit, s'en fut dans la rue. Une vraie cohue :
tous s'en allaient quelque part, courant, levant à
peine les yeux sur les autres passants, et seulement pour ne point s'entre-heurter. Il se rappela
son chef-lieu, où toute rencontre, avec tel ou
tel, pour ceci ou pour cela, offrait de l'intérêt.

C'était Ivan Ivanitch allant chez Petr Petrovitch,
chacun, dans le pays, savait bien pourquoi ; c'était
Maria Martinovna qui revenait des vêpres, ou
Afanassi Savitch qui partait pour la pêche... Plus
loin, chevauche en un galop à se casser le cou,
un gendarme que le gouverneur envoie quérir le
médecin ; et chacun sait que son Excellence
Mme la Générale va avoir la bonté d'accoucher,
encore que, au dire des marraines et des com-
mères, il soit peu séant de parler de ces choses-là
avant qu'elles arrivent. Et tous demandent : « Quoi ?
un garçon ? Une fille ? » Et les dames de préparer d'élégants bonnets... Voici Matviei Matviéitch
qui sort de chez lui, armé d'un gourdin, à six
heures du soir. Et nul n'ignore qu'il va se livrer
à son exercice quotidien, que, sans cette promenade, son estomac se refuserait à digérer, et qu'il
va fatalement faire une station auprès des fenêtres
du vieux sovetnik, lequel, — nul n'ignore non plus

ce détail, — est occupé, à la même heure, à prendre son thé.

A chacun un salut, et quelques paroles. Ceux même que tu ne salues pas, tu sais qui ils sont, où ils vont et pourquoi. Et si tu aperçois un étranger pour la première fois, ta figure se change en un signe d'interrogation ; tu t'arrêtes, tu tournes la tête une ou deux fois, et, rentré chez toi, tu décris le costume et les allures du nouveau venu. On bavarde, on invente : Qui est-ce? D'où vient-il? Pourquoi?... Ici, on écarte les gens de son chemin d'un coup de coude, comme on écarterait un ennemi.

Avec la curiosité d'un provincial, Alexandre se mit aussitôt à dévisager tous les gens bien mis qui passaient près de lui, croyant voir parmi eux un ministre ou un ambassadeur. Ou bien c'étaient, bien sûr, des écrivains : « Ne serait-ce pas un tel? ou tel autre? » Mais il s'en lassa bientôt. Ministres, ambassadeurs, écrivains, il en voyait partout.

Il regarda les maisons, et sa tristesse redoubla. Il était désolé par ces entassements de bâtisses de pierre tirées au cordeau, uniformes, qui, semblables à de gigantesques tombeaux, s'allongeaient à perte de vue les unes au bout des autres.

— Voici la fin d'une rue, pensait-il ; mes yeux vont enfin pouvoir se reposer ; peut-être vais-je voir une colline, de la verdure, ou quelque haie abandonnée.

Hélas! voici que recommence cette file de maisons toutes pareilles, toutes en pierre, avec leurs quatre rangs superposés de fenêtres. Et après cette rue, une autre reprend, toujours semblable; avec une autre file de maisons exactement les mêmes.

A droite, à gauche, où qu'on regarde, de toutes parts se dressent, comme des casernes, maisons, maisons, et maisons, pierres, pierres, et pierres, et ainsi de suite à l'infini. Point d'espace où s'épande la vue : partout l'emprisonnement. De même pensées et sentiments semblaient emprisonnés.

Amères étaient les premières impressions du provincial à Saint-Pétersbourg. Il se sentait dans un désert, abandonné, malheureux ; personne ne faisait attention à lui. Il se perdait, ici ; ni la nouveauté, ni la variété des tableaux, ni le mouvement de la foule ne parvenaient à le distraire. Ce qu'il voyait ici qui n'était point chez lui, son amour-propre de clocher le lui faisait trouver mauvais.

Voici qu'il se prend à songer, et qu'il se transporte, en esprit, dans sa ville. La jolie vue ! Cette maison a un toit pointu et une haie d'acacias ; sur le toit une niche : le colombier. Le marchand Izumine aime à prendre les pigeons ; et

c'est pourquoi il s'est bâti ce colombier sur le toit.
Matin et soir, coiffé de son bonnet de nuit, enve-
loppé dans sa robe de chambre, armé d'un bâton,
il se tient sur son toit plat, gesticulant et sif-
flant.

Cette autre maison, ne dirait-on pas une tabatière? Toute en fenêtres sur les quatre façades,
et un toit plat : c'est un vieux bâtiment tout prêt,
semble-t-il, à s'écrouler de lui-même, ou que le
soleil va brûler. Le bois dont il est fait a pris je ne
sais quel ton gris-clair. C'est à trembler de vivre
là, dans cette maison ; et pourtant on y vit. Parfois, il est vrai, le propriétaire, inspectant le
plafond qui s'affaisse, branle la tête en murmu-
rant : « Ira-t-il jusqu'au printemps ? — Eh ! peut-
être bien ! » se répond-il. Et il continue d'y vivre,
craignant, non pour lui, mais pour sa bourse.

Non loin de là, coquettement, brille la jolie et
si rustique maison du médecin, étalée en demi-
cercle avec deux petites ailes pareilles entre elles.
En voici une autre toute perdue dans la verdure,
une autre qui tourne le dos à la rue. A deux verstes de là, une haie, et, derrière, sur les arbres,
des pommes rouges, convoitise des enfants.

Autour des maisons, l'herbe pousse drue. Voici
des pierres tombales. Voici le Palais de Justice :
comme on le reconnaît bien vite ! Nul ne s'en
approche qui n'y ait affaire ; tandis que, dans la
capitale, rien ne le distingue des autres maisons.

Même ici, à Pétersbourg, n'est-ce point une honte ! on trouve une boutique dans le palais. Là-bas, dès qu'on a franchi deux ou trois rues, on respire aussitôt un air plus pur. Des petits enclos, puis des potagers ; un peu plus loin, des champs de froment. Et le silence, et le calme, et la nuit ! Dans les rues, comme dans les êtres, toujours l'immobilité heureuse. Là, tout vit librement, franchement. Personne ne s'y trouve à l'étroit. Même les poules et les coqs vont s'ébattant à l'aise par les rues ; vaches et chèvres broutent l'herbe, et les enfants lancent des cerfs-volants.

Mais ici, quelle tristesse! Le provincial soupire ; il regrette les clôtures qu'il voyait, là-bas, en face de ses fenêtres, la rue poudreuse ou boueuse, et le pont qui tremblait, et l'enseigne du débitant de boissons. Il ne veut pas convenir que la cathédrale d'Issakov soit plus belle et plus haute que la cathédrale de sa ville à lui ; que la salle des Assemblées de la noblesse soit plus vaste que celle de là-bas. Il s'arrête, indigné par de telles comparaisons. Parfois il s'enhardit même jusqu'à prétendre que tel vin, telle étoffe, se rencontrent chez lui meilleurs et moins coûteux, que ces raretés d'outre-mer, ces écrevisses énormes, ces coquillages, ces poissons rouges, on ne leur ferait pas, là-bas, l'aumône d'un coup d'œil. « Permis à vous d'acheter ces étoffes, ces futilités aux étrangers, de vous faire voler ; eux sont enchantés

de votre sottise ! » Et quelle joie, pour lui, de
comparer, de constater que chez lui, dans son
pays, meilleurs sont le caviar, les poires et le
reste. « C'est cela, que vous appelez des poires !
Chez nous, les kalatchi ¹ n'en voudraient point ! »

Mais le provincial sent croître encore sa tristesse, en entrant dans l'une de ces maisons pour
y remettre une lettre venue de loin. Il s'imaginait
que devant lui les bras allaient s'ouvrir tout
grands, qu'on ne saurait comment lui faire un
assez bel accueil, ni lui réserver une assez bonne
place, ni lui offrir une assez cordiale hospitalité ;
qu'on l'interrogerait discrètement sur son mets
favori et qu'il serait, lui, confus de tant de politesses. Bah ! il embrasserait, sans vaines cérémonies, l'hôte avec l'hôtesse, et les tutoierait bien
vite comme des amis de vingt ans. Tous boiraient
ensemble des liqueurs et qui sait ? chanteraient
des refrains en chœur !

Qu'il était loin de compte ! A peine si on le
regarde ; on fait la grimace, on s'excuse sur les
affaires : si l'affaire est grave, on lui fixe une
heure qui n'est ni celle du dîner, ni celle du souper ; on ne connaît pas du tout l'heure de l'ami-
ral ² ; ici, ni vodka, ni collation. L'hôte évite

---

¹ Les gens de service.
² Expression russe : *l'heure précise*, comme on dit en
France : l'heure militaire.

les accolades, et regarde d'un air tout drôle le
nouveau venu. Dans la pièce voisine on entend
des bruits de verres et de cuillers ; il semble
qu'on devrait l'inviter ; au contraire on trouve
d'habiles formules pour le congédier. Tout est
clos ; chaque porte a sa sonnette. Est-ce assez
désolant ? Et les visages sont étrangement froids
et revêches. Tandis que là-bas, au pays, on entre
sans peur ; si le dîner est fini, on le recommence pour vous. Matin et soir, le samovar est à
demeure sur la table ; des sonnettes, on n'en
trouve pas même dans les magasins. On s'embrasse, on s'étreint, tous, parents et étrangers.
Là-bas, les voisins sont de vrais voisins. On vit la
main dans la main, les âmes confondues. Les
parents sont de vrais parents. Triste ! Triste !

Alexandre était arrivé à la place de l'Amirauté.
Là, il s'arrêta, ébahi. Il demeura près d'une
heure devant la statue de bronze, mais il n'eut
point dans l'âme la rancune amère du pauvre Oné-
ghine [1] : un enthousiasme rêveur, plutôt. Il con-
templa la Néva, qui longeait le palais ; et ses yeux
s'éclairèrent. Subitement il eut honte de son culte
pour les petits ponts branlants de là-bas, les haies,
les clôtures vermoulues. Il se sentit joyeux et
léger ; la foule, la cohue, tout revêtit à ses yeux un
aspect tout autre. L'espérance, étouffée un moment

---

[1] Personnage de Pouschkine.

par la première impression de mélancolie, se ralluma en lui. Une vie nouvelle lui ouvrait son étreinte,
le sollicitait vers l'inconnu. Son cœur battait à se
rompre. Il rêvait d'une tâche bénie, d'efforts
altiers, et grave, cheminait le long de la perspective Nevsky, se considérant comme le citoyen d'un
monde nouveau. Sa rêverie durait encore, lorsqu'il
se retrouva chez lui.

Le soir, à onze heures, son oncle l'envoya chercher et l'invita à prendre le thé.

— Je sors du théâtre, lui dit-il, étendu sur le
divan.

— Que ne me l'avez-vous dit plutôt, petit oncle !
Je vous aurais accompagné.

— J'avais un fauteuil : où te serais-tu placé ?
Sur mes genoux, sans doute ? Demain, vas-y tout
seul, si tu veux.

— Tout seul, ce n'est pas gai, petit oncle. On
n'a personne à qui communiquer ses impressions.

— A quoi bon ? Il faut s'habituer à sentir,
à raisonner, en un mot à tout faire seul. Cela finit
toujours par servir. Mais j'y songe ; pour aller au
théâtre, il faut que tu sois décemment vêtu.

Alexandre regarda ses habits, et les paroles de
son oncle le surprirent.

« En quoi donc ne suis-je pas décemment vêtu ?
pensait-il. Une redingote bleue, un pantalon
bleu ! »

— J'ai chez moi, petit oncle, dit-il, beaucoup
d'effets; c'est Kònigschtein qui les a coupés. C'est
lui qui, chez nous, habille le gouverneur.

— Il n'importe ; tout cela ne te servira guère ;
un de ces jours, je te conduirai chez mon tailleur.
Mais ceci est peu de chose. Nous avons à causer
plus sérieusement. Dis-moi, pourquoi es-tu venu
à Pétersbourg ?

— Je suis venu... pour y vivre ?

— Pour y vivre, c'est-à-dire... Si vivre, pour
toi, c'est manger, boire et dormir, ce n'était pas
la peine de te déranger. Ici, tu ne saurais manger
ni dormir aussi bien que là-bas. Si tu as rêvé
autre chose, alors explique-toi.

—Je voulais dire : pour jouir de la vie..., rectifia
Alexandre qui devint tout rouge. Je m'ennuyais à
la campagne : toujours la même chose !

— Ah ! voilà ! Tu vas donc louer un bel étage
sur la perspective Nevsky, acheter une calèche,
te créer un grand cercle de relations, donner
chez toi des soirées ?

— Mais tout cela est trop cher, sans doute ! fit
naïvement Alexandre.

— Ta mère m'écrit qu'elle t'a remis mille roubles. C'est peu, en effet, reprit Petr Ivanovitch...
Un de mes amis est, naguère, arrivé ici. Il s'en-
nuyait, lui aussi, à la campagne. Il voulait jouir
de la vie, lui aussi. Mais il s'est muni de cinquante
mille roubles, et chaque année il en recevra

autant. En voilà un qui, vraiment, pourra jouir de
¹a vie, à Pétersbourg. Mais toi, point. Tu n'es
point venu pour cela.

— Il résulte de vos paroles, petit oncle, que je
ne sais pas moi-même pourquoi je suis venu ?

— C'est à peu près cela ; ou plutôt, ce n'est vrai
qu'à moitié. N'aurais-tu point oublié, en venant,
de te demander pourquoi tu venais ? N'est-ce point
plutôt cela ?

— Avant même que la question fût posée,
j'avais une réponse toute prête, répondit fièrement
Alexandre.

— Que ne le disais-tu ! Voyons, parle.

— J'ai été poussé par je ne sais quel inexpri-
mable aiguillon, un désir de nobles actions que je
brûlais de mener à bien.

Petr Ivanovitch se souleva un peu de son
divan, ôta son cigare de ses lèvres et dressa
l'oreille.

— ... Et j'ai voulu réaliser ces espoirs qui bouillonnaient...

— Est-ce que tu ne fais pas des vers ? demanda
tout à coup Petr Ivanovitch.

— Et de la prose aussi, mon petit oncle. Et
vous me permettrez de vous apporter...

— Non, non, plus tard, quelque jour. C'était
une simple question.

— Mais pourquoi cette question ?

— C'est que tu avais une manière de parler...

— N'était-ce donc pas bien, ce que je disais ?

— C'était peut-être fort bien, mais tout-à-fait neuf.

— Cependant notre professeur d'esthétique ne parlait pas autrement, et il passait pour le plus éloquent des professeurs, dit Alexandre tout confus.

— Et de quoi parlait-il ainsi ?

— De ce qu'il enseignait.

— Ah !

— Mais comment dois-je parler, mon petit oncle ?

— Mais tout simplement, comme tout le monde, et non point comme un professeur d'esthétique. Et puis, il est assez difficile d'expliquer la chose en deux mots. Tu le verras toi-même, plus tard. Tu veux évidemment me forcer à rassembler mes souvenirs de l'Université, pour en venir à traduire ainsi tes paroles : tu es venu à Pétersbourg chercher une carrière et une fortune.

— Oui, petit oncle, une carrière.

— Et une fortune, ajouta Petr Ivanovitch ; car que serait une carrière sans fortune ? L'intention est bonne ; mais ce n'était pas la peine de te déranger.

— Pourquoi donc ? Je suppose que vous ne parlez pas d'après votre expérience personnelle ! dit Alexandre en promenant ses regards autour de lui.

— Parfaitement observé ! Je suis en effet solide-
ment établi, et mes affaires ne sont point mauvaises. Mais sous quelque point de vue que
j'envisage ta situation et la mienne, je trouve entre
nous deux une grande différence.

— Certes ! je n'oserais pas non plus me comparer à vous.

— Ce n'est point cela. Tu peux être dix fois
plus savant, dix fois meilleur que moi. Mais je ne
te crois point capable de prendre un autre pli, et
le pli que tu as pris là-bas... oh ! oh ! mais tu as
été là-bas choyé, gâté par ta mère ! Où prendrais-
tu l'énergie de supporter ce que j'ai supporté ? Et
puis, tu dois être un rêveur ; et il n'y a point ici
de place pour les rêveurs. Les gens comme nous
viennent ici pour agir.

— Mais je suis peut-être aussi en état d'agir ;
pourvu seulement que vous ne me refusiez pas le
secours de vos conseils et de votre expérience !

— J'appréhende fort de te conseiller. Je ne
réponds de rien, avec ta nature de campagnard.
S'il en advenait quelque sottise, tu me la repro-
cherais. Ce que je puis te promettre, c'est de te
donner toujours mon opinion. Tu t'y conformeras
ou non, comme il te plaira. Mais je n'espère pas
grand succès. Chez vous, là-bas, vous avez une
singulière façon de voir la vie. Comment t'en
défaire ? Vous êtes altérés d'amour, d'amitié, de
toutes les joies de l'existence ! Vous vous figurez

que la vie consiste uniquement à dire : « Ah ! » et
« Oh ! » Vous pleurez, vous sanglotez, vous aimez :
de besogne, point. Si je réussis à te désapprendre
tout cela, ce sera déjà un joli résultat.

— Je tâcherai, petit oncle, de me plier aux
usages courants. Aujourd'hui, en examinant ces
énormes vaisseaux qui nous apportent les produits
des plus lointaines régions, j'ai pensé aux progrès
de l'humanité moderne. J'ai compris l'agitation de
cette foule intelligente et active. Je suis prêt à m'y
mêler...

En entendant ces paroles, Petr Ivanovitch, relevant ses sourcils, regarda fixement son neveu, qui
s'interrompit.

— Dieu sait ce qu'ils se mettent dans la tête,
dit l'oncle. « Une foule intelligente et active ! »
Vrai, tu aurais mieux fait de rester chez toi.
C'est là-bas que tu aurais admirablement vécu ton
siècle ! Tu aurais été le plus savant de tous ; tu
aurais passé pour un poète et pour un homme
éloquent ; tu aurais cru à l'amour éternel, immuable, à la famille, au bonheur ; tu te serais marié,
et tu serais, sans t'en apercevoir, arrivé jusqu'à la
vieillesse ; et de fait, tu aurais été heureux à ta
manière. Mais, crois-moi, à la manière d'ici, tu ne
parviendras pas à être heureux. Ici, toutes ces
belles choses ne sont bonnes qu'à jeter à bas.

— Comment ! petit oncle ; l'amour et l'amitié,

ces sentiments hauts et saints, tombés, pour ainsi
parler, du ciel dans la fange terrestre...

— Quoi ?

Alexandre se tut.

— L'amour et l'amitié sont tombés dans la
fange ? Eh bien ! vas-tu débiter ici de pareilles
niaiseries ?

— Ces sentiments n'existent-ils donc pas ici
comme là-bas ?

— Hé ! nous avons cela aussi, l'amour et l'amitié. Où donc n'y a-t-il point de ces confitures !
Mais ce ne sont point les mêmes que les vôtres.
Plus tard, tu le verras toi-même... Tout d'abord,
laisse là tous ces sentiments célestes et sacrés,
et vois les choses plus simplement, comme
elles sont ; tu n'en parleras que mieux, et plus
sensément. Mais d'ailleurs, je n'y puis rien... ; et
maintenant que te voilà ici... tu ne peux repartir
tout de suite. Si tu ne trouves pas ce que tu es
venu chercher, ne t'en prends qu'à toi seul. Je te
dirai, d'avance, ce qui me semblera bon ou mauvais. Mais toi, ensuite, comme il te plaira... Nous
essaierons : peut-être pourrons-nous faire de toi
quelque chose. Ah ! ta petite mère me prie de
t'aider de mon argent. Sais-tu ce que je dois te
dire ? Ne viens pas m'en demander, de l'argent :
c'est toujours ce qui trouble les bons rapports entre
gens sérieux. D'ailleurs, ne va pas croire que

c'est pour t'en refuser. Non, s'il t'arrivait d'être
acculé, ne te gêne pas, viens m'en demander ; il
vaut toujours mieux emprunter à son oncle qu'aux
étrangers ; moi, du moins, je ne te réclamerai pas
d'intérêts. Mais pour ne point te réduire à cette
extrémité, je vais te trouver au plus vite une
place qui puisse te rapporter de l'argent... A
revoir ! Repasse demain matin, nous verrons
ensemble à tenter quelque chose pour toi, et de
quelle manière.

Alexandre monta chez lui.

— Écoute-moi. N'aurais-tu pas envie de souper ?
dit Petr Ivanovitch qui l'avait suivi.

— Mais oui, petit oncle, volontiers...

— Oh ! chez moi, je n'ai rien à manger.

Alexandre gardait le silence.

— Alors pourquoi cette offre aimable ? pensait-
il.

— Je n'ai pas de vivres chez moi, continua l'oncle, et, à cette heure, les restaurants sont fermés.
Mais que cela soit une première leçon. Il faut
t'habituer. Chez vous, on se lève et on se
couche avec le soleil. On mange, on boit,
quand la nature le réclame. Fait-il froid ? on se
met une casquette qu'on rabat sur ses oreilles,
et on va sans songer à rien. Fait-il clair ? c'est le
jour ; fait-il noir ? c'est la nuit. Ainsi, voilà déjà
que tes yeux se ferment ; moi je vais seulement
me mettre à la besogne : c'est la fin du mois, j'ai

mes comptes à faire. Là-bas, vous humez le bon air toute l'année. Ici, même ce plaisir coûte de l'argent. Ainsi de tout : les antipodes! quoi! Eh bien ! ici, on ne soupe pas, surtout à son compte..., non plus qu'au mien. De fait, cela vaudra mieux pour toi; cela t'évitera de geindre et de tressauter dans ton lit, la nuit, car je n'ai guère le loisir, moi, de faire le signe de la croix sur toi.

— Oh ! ce sont choses, mon petit oncle, à quoi on s'accoutume aisément.

— Très bien, s'il en est ainsi. Mais je vois que chez vous vous suivez en tout la vieille mode. On peut venir dans une maison, la nuit, on est assuré de trouver tout de suite à souper.

— Eh quoi! petit oncle, vous n'allez point blâmer cette vertu? c'est la vertu russe.

— La belle vertu! Par désœuvrement, on est heureux d'accueillir les pires gens. « Nous vous en prions, mangez autant que vous le pourrez, pourvu que vous amusiez un peu notre loisir. Aidez-nous à tuer le temps, laissez-nous regarder votre figure : c'est toujours cela de nouveau. Et le manger, pourquoi en serions-nous ménagers ? Il ne nous coûte presque rien. Voilà, vraiment, une bien vilaine vertu !

Là-dessus, Alexandre s'en fut se coucher. Il cherchait à deviner quel homme était son oncle. Il se rappela toute la conversation : bien des points lui demeuraient obscurs ; il en était d'autres qu'il se refusait à croire entièrement. « Ainsi, je ne parle pas bien, pensait-il. L'amour et l'amitié ne sont pas immuables... Ne se moquerait-il pas de moi, mon petit oncle ? Est-il possible que les usages soient tels ici?... Mais ce qui a séduit surtout Sofia, n'est-ce pas mon éloquence ? L'amour de Sofia n'est-il donc pas éternel? Est-ce que vraiment on ne soupe pas ici? » Longtemps encore il s'agita dans son lit, la tête remplie de pensées craintives et l'estomac vide, ce qui le tint longtemps éveillé.

Deux semaines se passèrent.

Petr Ivanovitch se montrait d'un jour à l'autre plus enchanté de son neveu.

— Il a du tact, disait-il à l'un de ses associés : chose que je n'aurais pas attendue d'un campagnard. Il n'est pas indiscret; il ne vient point chez moi sans invitation; dès qu'il s'aperçoit qu'il est de trop, vite il disparaît. Il ne me demande pas d'argent. C'est un petit garçon bien paisible. Il a force manies; il saute sur les gens pour les embrasser, il s'exprime comme un séminariste. Mais il finira par se défaire de ces habitudes. C'est déjà bien beau qu'il ne soit pas agrippé à mon cou.

— A-t-il de la fortune? interrogea l'associé.

— Non, quelque cent misérables âmes.

— Eh mais... s'il a des aptitudes, il pourra arri-

ver avec cela. Vous-même, il me semble, vous
n'avez pas commencé avec beaucoup... Tant
mieux !...

— Oh ! non ; il ne fera jamais rien qui vaille.
Avec d'aussi stupides enthousiasmes, on n'arrive
à rien. Toujours des « Ah ! » des « Oh ! » Il ne
se pliera jamais aux usages d'ici. Comment se
créerait-il une carrière ? Il a eu grandement tort
de venir : mais enfin, cela le regarde.

Alexandre se faisait un devoir d'aimer son
oncle. Mais il ne pouvait cependant s'accoutumer
à son caractère et à son tour d'esprit.

« Mon petit oncle m'apparait comme un homme
bon, écrivait-il un matin à son ami Pospielov ; très
intelligent aussi, mais par trop prosaïque, toujours
préoccupé d'affaires et de chiffres. On dirait que son
âme est enchaînée au sol ; jamais elle ne s'enlève
dans les pures sphères, isolées des mesquins soucis
terrestres, vers les hautes, les sereines cimes de
la nature humaine. Le ciel, pour lui, est à jamais
soudé à la terre. Avec son âme, je le crois bien,
jamais je ne mêlerai mon âme. Je pensais, en
arrivant ici, qu'il allait, lui, mon oncle, me donner une place dans son cœur, me réchauffer,
parmi tous ces étrangers glacés, à l'étreinte
chaude de l'amitié : et tu sais que l'amitié est
une seconde providence. Eh bien ! lui aussi, il
n'est, à mon égard, qu'un de ces étrangers. Je
pensais passer tout mon temps en sa compa-

gnie, et ne le quitter jamais. Et qu'ai-je trouvé ?
De froids conseils, qu'il appelle pratiques ; que
je les aurais préférés moins pratiques, mais
empreints d'une sympathie cordiale ! Ce n'est
point de l'orgueil chez lui ; mais il est ennemi de
toute effusion. Jamais nous ne dînons, nous ne
soupons ensemble ; nous n'allons ensemble nulle
part. Revenu au logis, jamais il ne me dit d'où
il vient, ce qu'il a fait : où il va, pour quoi, quels
sont ses amis, ce qu'il aime ou non, comment il
passe le temps, c'est ce qu'il me laisse ignorer.
Je ne le vois jamais spécialement fâché, ni affectueux, ni absolument triste, ni absolument gai.
Son cœur demeure étranger aux expansions de
l'amour et de l'amitié, aux aspirations vers le
beau. Il serait oiseux de lui parler sous le coup
de l'inspiration, comme parlait, quasi divinement,
notre Ivan Semenitch, inoubliable lorsque — t'en
souviens-tu ? — il tonnait du haut de la chaire, et
que nous frémissions, extatiques, sous ses regards
fulgurants et ses paroles de feu ! Mon oncle
écoute, les sourcils relevés, et regarde d'une singulière façon, ou bien il a un sourire qui me
glace le sang. Et adieu l'inspiration ! Parfois il
me rappelle le *Démon* de Pouschkine : il ne croit
ni en l'amour, ni en rien autre. Il tient que le
bonheur n'existe pas, que nul ne l'a promis à
l'homme ; que la vie seule existe, également
partagée en bien et en mal, en jouissances,

succès, santé, repos, et en souffrances, échecs,
maladies, angoisses ; que toutes ces choses doivent
s'envisager simplement, sans souci des questions
oiseuses (qu'en dis-tu? oiseuses!) sur la fin de
notre destinée, sur notre origine, sur l'essence
des choses. Ces questions, affirme-t-il, ne sont
pas faites pour nous ; elles nous empêchent
de voir ce que nous avons sous le nez et de
songer à nos affaires. Les *affaires,* voilà le seul
mot qu'on lui entende répéter. Jamais tu ne devi-
nerais s'il éprouve un plaisir ou non. Devant ses
comptes, comme au théâtre, il demeure toujours
égal à lui-même. Visiblement, il ignore les émotions fortes ; et le sens du beau semble étranger
à son âme. Je crois même qu'il n'a jamais lu
Pouschkine... »

Petr Ivanovitch apparut inopinément dans la
chambre de son neveu, et le surprit, la plume à
la main, devant cette lettre.

— Je suis venu voir comment tu t'es installé,
dit l'oncle, et causer un moment d'affaires avec
toi.

Alexandre sursauta et, vivement, couvrit de sa
main quelque chose.

— Serre tes secrets. Je vais me détourner, si
tu veux. Est-ce fait? Et cela, qui est tombé par
terre, qu'est-ce donc ?

— Ce n'est rien, petit oncle, commençait
Alexandre.

Mais il se troubla et se tut.

— Des cheveux! Et il prétend que ce n'est rien! Ah! puisque j'ai vu ceci, montre-moi encore cela, que tu tiens serré dans ta main.

Alexandre, comme un écolier pris en faute, ouvrit à regret la main et laissa voir une bague.

— Qu'est-ce donc? D'où te vient-elle? demanda Petr Ivanovitch.

— C'est, mon petit oncle, des signes sensibles de... rapports immatériels...

— Comment! Comment! Donne-les donc un peu par ici, ces signes...

— Ce sont des gages...

— Sans doute apportés de là-bas?

— En souvenir de Sofia et de nos adieux.

— Et tu as fait faire à ces objets quinze cents verstes de chemin?

L'oncle secoua la tête.

— Tu aurais aussi bien fait d'apporter un sac en plus de framboises séchées; on les aurait, du moins, vendues à l'épicier. Mais ces gages!...

Ses regards allaient des cheveux à la bague. Il approcha les cheveux de son nez pour les flairer, et soupesa la bague dans ses doigts. Il prit ensuite un papier sur la table, enveloppa les deux gages, roula le tout en un tapon qu'il jeta par la fenêtre.

— Petit oncle! s'écria Alexandre stupéfait, en lui prenant la main, mais trop tard.

Le tapon vola par-dessus l'angle du toit voisin et alla tomber dans le canal, sur le rebord d'un bateau chargé de briques ; de là il rebondit et s'enfonça dans l'eau. Alexandre, muet, avec une expression d'amer reproche, considérait son oncle.

— Petit oncle ! répéta-t-il.

— Quoi ?

— Comment qualifier ce que vous venez de faire ?

— Tout bonnement le jet au canal de ces signes immatériels, de toutes ces bêtises qu'on ne peut garder dans une chambre.

— Des bêtises, des bêtises, cela !

— Eh ! que croyais-tu donc que ce fût ? La moitié de ton cœur, peut-être ?... Je viens chez lui pour affaires, et voilà à quoi il s'amuse ! Il reste assis à rêvasser sur des bêtises !

— Est-ce que cela fait tort aux affaires, petit oncle ?

— Absolument. Les jours se passent, et tu ne m'as pas encore fait, jusqu'à présent, part de tes projets. Veux-tu prendre du service, ou quoi ?... Pas un mot. Et cela, parce que tu as l'esprit hanté par les gages de Sofia. C'est à elle que tu écrivais, bien sûr.

— Oui, j'avais commencé...

— Et ta mère, lui as-tu écrit ?

— Pas encore ; je voulais lui écrire demain.

— Pourquoi demain ? Demain seulement, à sa

mère, et aujourd'hui même, à Sofia qu'il aura sûrement oubliée avant un mois.

— Sofia ! Oublier Sofia? Est-ce possible?

— Il le faut. Si je n'avais jeté ces gages par la fenêtre, tu aurais été capable de conserver un mois de plus sa mémoire. Je t'ai rendu un double service. Dans quelques années, ces signes t'auraient rappelé une bêtise dont tu aurais rougi.

— Quoi, rougir d'un souvenir si saint, si pur? C'est nier toute poésie !

— Quelle poésie vois-tu dans la stupidité? De la poésie, ah! on en trouve dans la lettre de ta tante : les petites fleurs jaunes, l'étang, je ne sais quel mystère. Quand je me suis mis à la lire, je me suis senti si mal, que je ne pourrais le dire. Encore un peu j'aurais rougi, ce dont j'ai cependant bien perdu l'habitude.

— C'est épouvantable, petit oncle. Sûrement, vous n'avez jamais aimé !

— Je n'ai jamais, il est vrai, aimé des gages pareils.

— Mais c'est mener une existence de bois, dit Alexandre vivement ému ; c'est végéter, et non point vivre ; végéter sans enthousiasme, sans larmes, sans vie, sans amour...

— Et sans cheveux, ajouta l'oncle.

— Mais comment pouvez-vous, petit oncle, railler si froidement ce que le monde a de meilleur ?

C'est un crime, cela ! L'amour... les tendresses sacrées...

— Je le connais, ce saint amour. A ton âge, la simple vue d'une boucle de cheveux, d'un petit soulier ou d'une jarretière, une pression de la main... et dans tout le corps elle s'insinue, cette sainte, cette sublime tendresse. Si l'on s'y abandonne, oh !... Ton amour est dans l'avenir ; tu n'y échapperas pas ; mais les affaires t'échapperont, si tu ne commences à t'en occuper.

— Comment ! l'amour n'est pas une affaire sérieuse !

— Non !... un agréable passe-temps. Mais il ne faut point trop s'y livrer, ou gare les bêtises ! C'est précisément ce que j'appréhende pour toi.

L'oncle hocha la tête.

— Je t'ai presque trouvé une place. Car enfin, tu veux prendre du service ?

— Ah ! petit oncle, que je suis heureux !

Alexandre s'élança et baisa son oncle sur la joue.

— Il y est tout de même arrivé ! s'écria Petr Ivanovitch en s'essuyant la joue. Comment ne me suis-je pas tenu en garde ? Enfin, écoute... A propos, que sais-tu ? A quoi te sens-tu apte ?

— Je sais la théologie, le droit national, civil, le droit canon, le droit féodal, la diplomatie, l'économie politique, la philosophie, l'esthétique, l'archéologie...

— Assez ! assez ! Mais écris-tu convenablement le russe? C'est le point le plus essentiel.

— Belle question, petit oncle! Si je sais écrire le russe ? dit Alexandre.

Et, courant à sa commode, il en tira divers papiers. Pendant ce temps, son oncle prit sur la table la lettre interrompue et se mit à la lire.

En revenant vers la table avec ses papiers, Alexandre vit son oncle en train de lire. Ses papiers lui tombèrent des mains.

— Qu'est-ce que vous lisez, petit oncle? fit-il, effrayé.

— Rien. J'ai vu là une lettre, adressée à un ami sans doute... Excuse-moi, j'ai voulu savoir comment tu écris.

— Et cette lettre, l'avez-vous lue ?

— A peu près. Il reste quelques lignes encore ; je m'en vais les finir... Eh! il n'y a point de secrets là-dedans, j'imagine ? sans quoi tu ne laisserais pas traîner ce papier de la sorte.

— Que devez-vous penser de moi, maintenant?

— Que tu écris convenablement, d'une écriture à la fois régulière et courante.

— Vous n'avez sans doute point lu ce que j'ai écrit ? demanda vivement Alexandre.

— Mais si... je crois bien que c'est tout, dit Petr Ivanovitch, en embrassant du regard les

deux feuillets. Tu commences par décrire Pétersbourg, puis tes impressions, puis tu me décris,
moi.

— Dieu! s'écria Alexandre, en se couvrant le
visage de ses mains.

— Quoi? Qu'est-ce qui te prend?

— Et vous dites cela tranquillement? Vous ne
vous fâchez pas, vous ne me détestez pas?

— Non. Pourquoi te détesterais-je?

— Oh! redites-moi cela! rassurez-moi!

— Mais non, mais non, mais non!

— Oh! je n'ose le croire. Prouvez-le moi, petit
oncle?

— Comment?

— En m'embrassant.

— Excuse-moi; cela, je ne le puis.

— Pourquoi?

— Parce que ce mouvement manque tout à fait
de bon sens; ou, pour dire comme ton professeur,
parce que ma raison ne m'y invite point. Ah! si
tu étais une femme, ce serait autre chose! Alors
on s'embrasse sans y penser, avec des intentions
autres.

— Mais les émotions, petit oncle, veulent être
exprimées; elles appellent de l'élan, de l'expansion...

— Pas chez moi; elles ne veulent, n'appellent
rien chez moi; et si elles exigeaient quoi que ce soit,
je les ferais taire. Je t'engage à en faire autant.

— Pourquoi donc ?

— Pour que, par la suite, lorsque tu auras vu de plus près un homme que tu auras embrassé, tu n'aies point à rougir de ton embrassade.

— Ne saurait-il arriver, petit oncle, qu'on repousse un homme et qu'on le regrette ensuite ?

— Évidemment ; mais aussi je ne repousse jamais personne.

— Et moi aussi, vous n'allez point, malgré mon procédé, me repousser en me traitant de monstre?

— Est-ce que, pour toi, quiconque écrit une bêtise devient par le fait un monstre? Il y en aurait beaucoup, alors.

— Oui, mais lire, sur soi-même, de si dures vérités ; et écrites par qui ? par son propre neveu ?

— T'imaginerais-tu avoir écrit des vérités ?

— Oh! mon oncle, je me suis nécessairement trompé! Mais je réparerai cela. Pardonnez-moi.

— Veux-tu que je te la dicte, moi, la vérité ?

— Je vous en prie !

— Assieds-toi et écris.

Alexandre prit du papier et une plume. Petr Ivanovitch, les yeux toujours fixés sur la lettre d'Alexandre, dicta :

— « Mon cher ami. » As-tu écrit ?

— J'ai écrit.

— « Pétersbourg et mes impressions, je ne te les décrirai pas... »

Alexandre après avoir écrit répéta. — « Je te les décrirai pas... »

— « Pétersbourg a été déjà depuis longtemps décrit : et ce qui n'a pas été décrit, il faut le voir de ses propres yeux. Quant à mes impressions, tu n'as rien à en faire : inutile de perdre sans raison mon temps et mon papier. Mieux vaut décrire mon oncle, car c'est là un point qui me touche personnellement. »

— Mon oncle? interrogea Alexandre.

— Voyons : tu écris, toi, que je suis très bon et très savant. C'est peut-être vrai, peut-être non. Prenons plutôt la moyenne. Écris :

— « Mon oncle n'est ni bête ni méchant. Il me veut du bien. »

— Mais, petit oncle, croyez bien que je sais apprécier, que je ressens..., dit Alexandre.

Et il s'élançait pour l'embrasser.

— « ... Du bien, encore qu'il ne me saute pas au cou à tout bout de champ... » dit Petr Ivanovitch en continuant sa dictée.

Alexandre, n'ayant pu le joindre, se rassit.

— « ... Et il me veut du bien, parce qu'il n'a aucune raison, ni aucune envie de me vouloir du mal, et aussi parce qu'il en a été prié par ma petite mère, qui l'a bien traité, jadis, lui aussi. Il dit qu'il ne m'aime pas, et c'est bien naturel. En deux semaines, on n'arrive pas à aimer quelqu'un ; moi non plus, je ne l'aime pas encore, bien que je l'assure du contraire... »

— Quoi ? dit Alexandre.

— Ecris, écris... « Mais enfin, nous commençons à nous accoutumer l'un à l'autre. Il prétend même que l'on peut se passer entièrement d'affection. Il n'est pas là tout le temps derrière moi, à m'embrasser du matin au soir, car il tient cela pour absolument oiseux et n'en a d'ailleurs pas le temps.

« Il est ennemi de toute effusion... »

Oui, on peut laisser cela, c'est fort bien dit. As-tu écrit ?

— J'ai écrit.

— Eh bien, qu'y a-t-il encore dans cette lettre ?
— « Une âme prosaïque, un démon... » Ecris.

Tandis qu'Alexandre écrivait, Petr Ivanovitch prenait sur la table un papier, le pliait, l'enflammait et en allumait un cigare ; puis il jeta le papier par terre et posa le pied dessus.

— « Mon oncle n'est ni un démon ni un ange, mais un homme comme tous les autres, » dicta-t-il. « Seulement il ne nous ressemble pas à tous deux. Il sent et pense en être terrestre. Il estime que, vivant sur la terre, il nous est impossible de nous envoler au ciel, où, d'ailleurs, nous ne sommes pas invités ; que nous devons plutôt songer aux affaires humaines pour lesquelles nous sommes créés. Aussi prend-il intérêt à toutes les affaires humaines, et, notamment à la vie telle qu'elle est, et non point telle que je la voudrais. Il croit au bien comme au mal, au beau comme au laid. Il a foi aussi dans l'amour et l'amitié ; mais il ne pense pas que ces choses soient tombées du ciel dans la fange. Et il tient que, créées avec les hommes et par les hommes, il faut les prendre comme elles sont ; et qu'en général il faut voir les choses de près, par leur côté essentiel, et non se laisser aller Dieu sait où !

« Il admet que les honnêtes gens puissent nouer des relations qui, à la faveur de rapports fréquents et d'une longue habitude, se transforment parfois en amitié. Mais il tient aussi que l'éloignement émousse l'habitude, qu'on s'oublie aisément, et que ce n'est nullement un péché. Il est persuadé que je finirai par t'oublier comme tu m'oublieras. A moi comme à toi, naturellement, cela va sembler étrange : mais il est d'avis que nous nous accoutumions à cette idée, pour n'être point dupes tous deux. Sur l'amour, il a, à peu de différence près, les mêmes vues. Il nie l'amour immuable et éternel, comme il nie les démons domestiques. Et il nous engage à l'imiter. Il me conseille d'ailleurs de songer le moins possible à ces choses-là, et je te renvoie son conseil. Mais il dit que cela viendra de soi, tout naturellement. Il dit que la vie ne consiste pas seulement en l'amour, que pour l'amour, comme pour tout, il y a un temps ; mais que rêver toute la vie à l'amour seul, c'est sot. Ceux qui poursuivent l'amour sans pouvoir jamais s'en passer vivent par le cœur; leur cerveau s'appauvrit d'autant. Mon oncle s'occupe volontiers d'affaires ; il m'engage à faire de même et moi je t'y engage aussi. « Nous appartenons, dit-il, à une société qui a besoin de nous. » Il ne s'oublie pas lui-même : les affaires, c'est de l'argent, et l'argent, c'est le confort, dont il est grand amateur. Il peut en outre nourrir certains projets grâce auxquels, sans doute, je ne serai jamais son héritier. Mon oncle n'est point uniquement préoccupé de son service et de sa fabrique. Il sait par cœur non seulement Pouschkine... »

— Vous , mon petit oncle ! dit Alexandre étonné.

— Sans doute. Tu le verras plus tard. Mais écris encore :

— « Il lit, en deux langues, tout ce qui se publie d'intéressant dans toutes les branches de la science. Il aime les arts, et possède une très belle galerie de tableaux de l'école flamande, vers laquelle ses goûts l'attirent particulièrement. Il va souvent au théâtre ; mais il ne s'y émeut point, ne crie ni « oh ! » ni « ah ! » il trouve cela puéril. Il tient qu'il faut se contenir, n'ennuyer personne de ses impressions, puisqu'elles ne peuvent servir à personne. Il ne parle pas non plus un langage baroque ; il me conseille de l'imiter, comme je te le

conseille. Adieu, écris-moi plus rarement et ne
gaspille pas ton temps. Ton ami, etc. » Bon! maintenant, mets le mois et le quantième.

— Comment envoyer une telle lettre ! dit Alexandre. « Ecris plus rarement. » Ecrire cela à quelqu'un qui a fait cent soixante verstes exprès pour
me dire adieu une dernière fois ! Lui conseiller,
ceci, cela ! Il n'est pas plus bête que moi. Il est
sorti le second.

— Il n'importe ! Envoie-la lui tout de même.
Peut-être s'assagira-t-il un peu. Cette lettre lui
ouvrira un monde de pensées nouvelles. Vous
avez fini vos études ; mais votre éducation com-
mence à peine maintenant.

— ... Jamais je n'oserai, petit oncle.

— Je ne me mêle jamais des affaires d'autrui.
C'est toi qui m'as prié de faire quelque chose pour
toi. Je cherche à te ramener dans le vrai chemin,
et à soutenir tes premiers pas. Mais toi, tu veux
t'entêter ; à ton aise. Je me borne à te donner mon
opinion ; mais je ne veux pas te contraindre ; je
ne suis pas ta nourrice.

— Pardon, petit oncle. Je suis prêt à vous
obéir, dit Alexandre.

Et il se mit aussitôt à cacheter la lettre ; après
quoi, il chercha la lettre à Sofia. Il regarda
sur la table, rien ; sous la table, rien non plus.
Elle n'était pas davantage dans la boîte.

— Que cherches-tu donc ? fit l'oncle.

— L'autre lettre... pour Sofia.

L'oncle, lui aussi, se mit à fureter.

— Où donc l'as-tu mise ? dit Petr Ivanovitch. Je ne l'ai pourtant pas jetée par la fenêtre.

— Petit oncle ! qu'avez-vous fait ! Vous en avez allumé votre cigare ! dit Alexandre.

Et il ramassa les morceaux à moitié consumés.

— Vraiment ! s'écria l'oncle. Qu'ai-je fait là ! Et je ne m'en suis pas aperçu ! Vois-tu ? brûler un objet aussi précieux ! Et d'ailleurs, au fond, sais-tu bien ? C'est fort heureux.

— Ah ! mon oncle ! ce ne peut être heureux d'aucune façon, dit Alexandre avec désespoir.

— Mais si ! c'est un bonheur. Tu n'as plus le temps d'écrire pour le courrier, et, d'ici au prochain courrier, tu auras certainement changé d'avis. Tu t'occuperas de ton service, tu n'auras plus ces bêtises en tête. Ainsi, tu auras fait une sottise de moins.

— Mais que va-t-elle penser de moi ?

— Hé ! ce qu'elle voudra. Et puis, je crois qu'elle-même ne peut qu'y gagner. Car enfin, tu ne vas pas l'épouser ! Elle pensera que tu l'as oubliée, elle t'oubliera elle-même ; et elle n'en sera que plus à son aise pour assurer à son prochain prétendant qu'elle n'a jamais aimé, dans sa vie, d'autre homme que lui.

— Vous êtes véritablement, mon petit oncle, un homme extraordinaire. Il n'y a pour vous ni

fidélité, ni sermants sacrés. La vie, si belle, si
pleine d'enchantements et de caresses, la vie, pareille à un lac limpide.,.

— Où fleurissent des fleurs jaunes. Est-ce là
ton lac ? interrompit l'oncle.

— Comme un lac, poursuivit Alexandre, la vie
recèle quelque mystère, quelque merveilleux délice...

— De la vase, peut-être, mon cher !

— Pourquoi, mon petit oncle, voulez-vous puiser la vase ?... Pourquoi battre ainsi en brèche,
pourquoi avilir toutes les joies, tous les bonheurs,
toutes les espérances ? Pourquoi voir ainsi le
monde en noir?

— Je le vois comme il est ; fais comme moi, si
tu ne veux être dupe. Avec des idées comme les
tiennes, oui, la vie peut être belle, dans ton village, là-bas où vivent, non des humains, mais
des anges. Regarde, par exemple, Zaïezjalov : un
saint homme, n'est-ce pas ? Et ta petite tante,
quelle âme haute et sensible. Sofia, elle aussi,
je suppose, est une sotte, comme ta tante. Et
encore...

— Achevez, petit oncle, dit Alexandre fâché.

— Et encore, les rêveurs de ton espèce s'en
viennent jusqu'ici, flairer s'ils ne sentiront point
quelque part le parfum d'une amitié ou d'un
amour immuables. Je te le répète pour la centième
fois, ce n'était pas la peine de partir.

— « Elle affirmera à son prétendant qu'elle n'a jamais aimé personne avant lui, » se disait Alexandre.

— Tu continues à radoter.

— Non, je suis certain que Sofia, franchement, loyalement, lui remettra aussitôt mes lettres et...

— Et tes signes, dit Petr Ivanovitch.

— Oui, et les gages de nos relations... Elle dira : « Voici celui qui, le premier, éveilla les cordes de mon cœur, celui dont le nom les fit vibrer pour la première fois ! »

L'oncle releva les sourcils et ouvrit les yeux tout grands.

Alexandre se tut.

— Eh bien ! tu as fini de faire vibrer tes petites cordes ?... Hé ! mon cher, ta Sofia est réellement une sotte, si elle en use de la sorte. J'espère bien qu'elle a une mère ou quelqu'un pour l'arrêter.

— Vous, petit oncle, vous ne craignez point de taxer de sottise cet élan le plus saint de l'âme, cette expansion sacrée du cœur? Que voulez-vous qu'on pense de vous?

— Ce qu'il te plaira de vouloir. Mais ta Sofia, si elle faisait ce que tu dis, donnerait des soupçons à son fiancé, Dieu sait quels soupçons ! et le mariage pourrait être rompu, et pourquoi? Parce que vous avez cueilli ensemble de petites fleurs jaunes. Non, mon ami, ce n'est point ainsi que se font les affaires. — Enfin, je vois que tu sais écrire le russe. Demain nous irons tous deux au département; déjà j'ai parlé de toi à mon ancien collègue, aujourd'hui chef de section. Il y a, m'a-t-il dit, un emploi vacant, mais il faut se hâter. Et ces papiers que tu viens de sortir, qu'est-ce encore ?

— Ah ! mes notes de l'université. Me permettez-vous de vous lire quelques pages d'une leçon d'Ivan Semenitch sur l'art grec ?

Et il commençait à compulser rapidement les feuillets.

— Je t'en prie, épargne-moi cela, dit en fronçant les sourcils. Petr Ivanovitch. Et cela, qu'est-ce que c'est ?

— Mes thèses. Je voudrais les présenter à mon chef. J'ai là, notamment, un projet que j'ai rédigé moi-même...

— Oui, un de ces projets réalisés depuis mille ans, ou encore inutiles ou impossibles à réaliser.

— Comment, petit oncle ! Il a été soumis à un haut personnage, ami des lumières. Pour m'en féliciter, il m'invita à dîner avec le recteur... Et voici le début d'un autre projet.

— Je t'inviterai bien deux fois à dîner, moi, pour ne pas te l'entendre lire jusqu'au bout.

— Pourquoi ?

— Parce que tu ne peux, à présent, rien écrire de passable en ce genre ; et cependant le temps s'écoule.

— Pourtant lorsque je suivais les cours...

— Cela te servira avec le temps. Aujourd'hui, ouvre les yeux, lis, apprends et fais ce qu'on te dira.

— Mais comment mon chef connaîtra-t-il mes capacités?

— Ce sera pour lui l'affaire d'un moment. Il est maître en l'art de connaître les hommes. — Dis-moi, quelle place voudrais-tu obtenir?

— Cela, mon petit oncle, je n'en sais rien.

— Il y a des places de ministres, dit Petr Ivanovitch, de sous-secrétaires, de directeurs, de sous-directeurs, de chefs de bureaux, de commis, de fonctionnaires aux missions particulières... et bien d'autres. Il n'en manque pas.

Alexandre réfléchissait, hésitait, ne savait que choisir.

— Eh bien! pour débuter, cela t'irait-il, une place de chef de bureau?

— Certainement, répliqua Alexandre. Je prendrais cœur à ma besogne, petit oncle, et peut-être, au bout d'un mois ou deux, passerais-je chef de section.

L'oncle dressa l'oreille.

— Sans doute, sans doute, fit-il. Puis au bout de trois mois, directeur; et, au bout de l'année, pourquoi pas ministre! Est-ce ainsi que tu l'entends?

Alexandre devint rouge et ne répondit pas.

I.   7

— Le chef de section vous a dit sans doute quel était cet emploi vacant ? demanda-t-il enfin.

— Non, fit l'oncle. Il ne me l'a pas dit. Mais il vaut mieux s'en rapporter à lui. Nous, vois-tu, il nous est bien malaisé de choisir. D'ailleurs, il s'occupe déjà de te caser. Seulement, ne va pas lui parler de tes hésitations de tantôt, non plus que de tes *projets* : il risquerait de se fâcher, de croire que nous nous méfions de lui ; et il crierait, car il est un peu vif... Je ne te conseillerai pas non plus de parler, aux beautés d'ici, de tes signes immatériels. Elles ne comprendraient pas : et comment comprendraient-elles ? c'est trop éthéré pour elles. Moi-même, j'ai eu bien de la peine à saisir ; elles, sûrement, feraient la moue. .

Tandis que son oncle lui parlait, Alexandre tournait et retournait entre ses mains des rouleaux de papier.

— Qu'as-tu donc encore là ?

Alexandre était à l'affût de cette demande.

— Cela... depuis longtemps je désirais vous le soumettre... des vers. Autrefois, vous vous y intéressiez.

— Je ne m'en souviens plus. Je ne crois pas m'y être jamais intéressé.

— Voyez-vous, mon petit oncle, j'estime que mon service, besogne aride, où l'âme est sacrifiée, — et l'âme veut être assouvie, épancher en autrui le trop-plein de ses émotions et des pensées débordantes...

— Oui, oui, après ? dit Petr Ivanovitch impatienté.

— Je me sens le besoin de créer.

— C'est-à-dire qu'en sus de ton service tu veux encore t'occuper d'autre chose. Est-ce bien cela, en simple et clair langage? Voilà qui est parfait. Mais de quoi t'occuper? De littérature?

— Oui. Je voulais vous demander, petit oncle, si vous ne pourriez pas me placer quelque chose.

— Es-tu donc certain d'avoir du talent? Sans le talent tu ne serais qu'un manœuvre dans l'art; à quoi bon? Avec du talent, au contraire, on peut essayer. Tu produiras alors force belles œuvres ; et puis, des capitaux... tu en gagnerais plus qu'aujourd'hui avec tes cent âmes.

— Ces choses-là, les mesurez-vous aussi à l'argent qu'elles rapportent ?

— A quoi voudrais-tu les mesurer ? Plus tu seras lu, plus tu seras payé.

— Et la gloire ! et la gloire ! voilà la vraie récompense d'un barde !...

— Elle est lasse de les soigner, tes bardes ! Elle a trop de prétendants. Jadis, comme une femme, elle aimait tout le monde, mais vois : maintenant elle se cache, c'est à douter qu'elle vive encore. Il y a des *célébrités,* mais des *gloires* !... Elle a du moins inventé un autre moyen de manifester son

existence : celui qui écrit bien gagne de l'argent,
celui qui écrit mal... Et il n'a à s'en prendre qu'à lui-
même. Car, de nos jours, un bon écrivain vit à
l'aise ; il ne meurt ni de froid ni de faim dans une
mansarde. On ne lui court pas après dans les
rues, il est vrai, et on ne le montre pas au doigt
comme un bouffon. On a fini par comprendre qu'un
poëte n'est pas un *habitant du ciel*, mais un homme,
qu'il se sert de ses yeux, de ses pieds et de son
esprit comme tout le monde.

— Comme tout le monde ! Que dites-vous là ?
Un poëte est scellé du sceau divin ! il recèle une
force supérieure...

— Comme tout le monde, te dis-je, comme le
mathématicien, l'horloger et l'épicier. Newton, Gut-
temberg, Watt étaient doués de la même force
supérieure que Shakespeare ou Dante, et moi-
même, si j'invente un procédé pour transformer
l'argile de Pargalov en porcelaine plus belle que
celle de Saxe ou de Sèvres, je vaux Dante ou Shakespeare.

— Vous confondez l'art et le métier, petit
oncle !

— Que Dieu m'en garde ! L'art est l'art, le métier est le métier ; mais la force supérieure dont
tu parlais peut exister dans le métier comme dans
l'art. Sans elle, l'artisan n'est qu'un artisan, mais
le poëte n'est qu'un homme de lettres. Vous a-t-on
appris cela à l'Université ?

L'oncle semblait dépité d'être obligé de formuler des vérités si banales. « Ça ressemble à des épanchements de cœur » pensa-t-il.

— Montre-moi ce que tu as là. Des vers ?

Il prit un manuscrit et se mit à lire :

> D'où parfois le chagin et la tristesse
> Fondent-ils sur nous comme la foudre ?
> Hélas ! ils brouillent le cœur avec la vie..

— Donne-moi du feu, Alexandre.

Il ralluma son cigare et continua :

> Et se substituent aux désirs !
> Pourquoi soudain comme un orage sombre
> Tombe sur l'âme un pénible sommeil ?
> Quel malheur inconnu trouble cette âme...

— Tu as déjà dit ça, c'est du verbiage.

> Qui devinera pourquoi
> Suinte de larmes froides
> Le visage pâli ?

— Quoi ! le visage suinte de sueur, mais de larmes non pas !

> Que se passe-t-il alors au-dessus de nous ?
> Le calme des cieux lointains
> Est terrible et effroyable !

— Terrible et effroyable, c'est tout un.

> Je regarde le soleil : là, la lune...

—Oh ! ça n'aurait pas pu aller sans lune : le moyen

de s'en passer? Si tu as encore la *rêverie* et la *vierge,* tu es perdu, je te renie.

> Je regarde le ciel: là, la lune
> Vogue silencieuse et rayonne :
> Il me semble qu'elle nous cache
> Depuis l'éternité un mystère fatal...

— Pas mal. Donne-moi encore du feu, mon cigare s'éteint toujours. Où en étais-je? Ah! oui.

> Dans l'éther les étoiles blotties
> Tremblent et scintillent,
> Et semblent s'être entendues
> Pour ne jamais rompre un silence hypocrite.
> Ainsi dans le monde tout nous menace,
> Tout nous annonce le malheur
> Tandis que sans souci, nous nous berçons
> Dans une tranquillité trompeuse.
> Et c'est une tristesse sans nom !

L'oncle bâilla.

> Elle passera, elle effacera sa propre trace
> Comme un zéphir dans les steppes
> Efface les traces des fauves sur le sable.

— Pourquoi faire, des fauves ! Tiens? il y a un trait ? ah ! bon: c'était de la tristesse et ça va être de la joie.

Et il se remit à lire vivement à voix basse

> — En revanche il arrive parfois
> Qu'un enthousiasme nouveau nous envahit ;
> C'est comme un flot vivant
> Qui monte violemment dans l'âme...
> Et le cœur tressaille de joie...

— Etc.

— Ni bon ni mauvais, dit-il en finissant. Du reste, bien d'autres ont débuté plus mal. Essaie-toi, écris, travaille; si le goût y est, peut-être le talent se fera-t-il jour.

Alexandre était très désappointé. Il attendait un verdict tout différent. Une chose le consolait : la conviction que son oncle était glacé, presque sans âme.

— Voici maintenant une traduction de Schiller, fit-il.

— Assez, je vois. Ah! tu connais les langues aussi?

— Le français, l'allemand, avec un peu d'anglais.

— Mes compliments. Que ne me l'as-tu pas dit plus tôt? Je vois qu'il y a de la ressource avec toi. Mais tu viens m'entretenir d'économie politique, de philosophie, d'archéologie, Dieu sait quoi, encore! De l'essentiel, pas un mot. C'est de la modestie fort déplacée. Mais puisqu'il en est ainsi, je vais aussi me mettre en quête d'une occupation littéraire pour toi.

— Vrai? mon cher oncle? que je vous en saurai gré! Laissez-moi vous embrasser!

— Un moment : attends au moins que j'aie trouvé!

— Si vous offriez quelqu'une de mes compositions à mon futur directeur, pour lui donner une idée...

— Inutile. Tu les lui présenteras toi-même, s'il en est besoin. Mais c'est fort douteux. Gratifie-moi donc de tes projets et de tes compositions.

— Vous en gratifier? Prenez! dit Alexandre, flatté de la demande de son oncle. Si vous le voulez bien, je vous dresserai une liste, par ordre chronologique, de tous les articles...

— Inutile. Merci de ton cadeau. Evsiei, va porter ces papiers à Wassili.

— Pourquoi à Wassili? Vous voulez dire dans votre cabinet?

— Non. Il a besoin de papier pour coller quelque chose.

— Comment, petit oncle! dit Alexandre avec effroi.

Et il ressaisit le paquet.

— Mais tu me l'as donné! Que t'importe l'usage que j'en veux faire.

— Vous ne respectez rien, rien! s'écriait Alexandre avec désespoir en serrant, des deux mains, les papiers contre son cœur.

— Alexandre, écoute-moi, dit l'oncle en lui prenant de force le paquet, donne-le-moi; tu n'auras pas à rougir, plus tard, et tu me remercieras.

Alexandre lâcha prise.

— Bon! va porter cela, Evsiei, dit Petr Ivanovitch. Tout est maintenant net et beau dans ta chambre. On n'y trouve plus de ces bêtises. Il

dépend de toi désormais de la remplir d'immon-
dices ou de bonnes choses. A présent, nous allons
à la fabrique, nous distraire, respirer un peu
d'air frais et voir travailler.

Le lendemain matin, Petr Ivanovitch mena son
neveu au ministère. Pendant qu'il causait lui-
même avec son ami le chef de section, Alexandre
observait ce lieu, nouveau pour lui. Il songeait
encore à ses *projets* et se torturait l'esprit : quelle
question allait-on lui donner à résoudre? Cependant il restait debout à regarder.

— Exactement la fabrique de mon oncle, se
disait-il. Là-bas, un ouvrier prend un bloc de
marbre, l'introduit dans la machine, le retourne
deux ou trois fois; et il en sort un carré, un ovale,
ou un demi-cercle. Il le repasse ensuite à un
autre, qui le sèche sur le feu. Un troisième le
dore, un quatrième applique les dessins; et c'est
une tasse, un vase, une soucoupe... Ici n'en va-t-il
pas de même? Un pétitionnaire civil vient, la
tête basse, avec un sourire triste, soumettre un
papier : un employé le saisit, le griffonne d'un
trait de plume et le repasse à un autre, qui le
jette au milieu d'autres papiers entassés par
milliers. Cependant la requête n'est pas perdue.
Timbrée d'un numéro et d'une date, elle passera
indemne par une vingtaine de mains, se multipliant
et créant d'autres papiers tout pareils. Un troisième employé l'ayant prise, se traîne à pas

comptés vers une armoire, consulte un registre
ou quelque autre papier, dit quelques mots ma-
giques à un quatrième; et celui-ci de faire
grincer sa plume. Après quoi, la pétition-mère,
avec son nouvel enfant, passe à un cinquième,
qui recommence à faire grincer sa plume et
accouche d'un autre enfant. Le cinquième trans-
met à son tour la pétition qu'il vient d'enjoliver,
et ainsi elle chemine, chemine sans s'égarer
jamais. Ils mourront, ces hommes qui l'ont créée;
mais elle, toujours, pour l'éternité, elle existera.
Et quand sera tombée sur elle la poussière des
siècles, encore alors on la redoutera; on conférera
sur elle. Et chaque jour, chaque heure, aujour-
d'hui, demain, toujours, la machine bureaucra-
tique joue proprement, sans répit, sans arrêt pour
reprendre haleine, comme si elle était faite, non
point d'hommes, mais uniquement de rouages et
de ressorts.

— Mais où donc le principe qui vivifie et main-
tient cette fabrique de papiers? se demandait
Alexandre. Dans les registres, dans les papiers
eux-mêmes, ou dans la tête de ces hommes?

Quelles figures il découvrait ici! Non, on ne
les rencontre point dans la rue, ces figures, semble-t-il, elles ne se montrent point à la lumière
de Dieu! Il semble que ces gens soient nés ici,
qu'ils aient grandi ici; ils sont soudés à leurs
places; et c'est ici qu'ils mourront.

Alexandre regarde et regarde le chef de section : c'est positivement Jupiter, le maître de la
foudre. Il ouvre la bouche, et voici que Mercure
accourt, avec une plaque de cuivre sur la poitrine.
Il étend la main avec un papier; et voici que dix
mains s'allongent pour le prendre.

— Ivan Ivanitch ! dit le chef.

Ivan Ivanitch bondit de sa chaise, derrière la
table, s'élance vers Jupiter et se tient devant lui
comme la feuille devant l'herbe [1].

Et Alexandre est émerveillé, sans savoir au juste
pourquoi.

— Donnez-moi une prise.

L'employé, d'un air humble et dévoué, lève,
des deux mains, la tabatière tout ouverte.

— A présent, examinez un peu monsieur !
reprend le chef de section en indiquant Adouiev.

— C'est cet homme qui va m'examiner? pensait Adouiev, les yeux sur la figure jaune et les
coudes usés d'Ivan Ivanitch. Comment un être
pareil peut-il s'entendre aux questions gouverne-
mentales ?

— Avez-vous une belle main? interrogea Ivan
Ivanitch.

— Une belle main?

— Oui, une belle écriture ! Voulez-vous vous
asseoir un instant et copier cette page.

---

[1] Locution russe.

Cette demande surprit fort Alexandre, mais il se soumit. En voyant son travail, Ivan Ivanitch fit la grimace.

— Il écrit bien mal, dit-il au chef de section.

Celui-ci voulut regarder aussi.

— En effet, ce n'est pas fameux. Il ne pourra faire les expéditions. Qu'on lui donne, en attendant, les permis de congé à copier. Puis, lorsqu'il sera un peu dégrossi, vous l'emploierez à compléter les papiers : peut-être s'en acquittera-t-il convenablement. Il sort de l'Université.

Et bientôt Adouiev était lui-même un des rouages de la machine. Il écrivait, écrivait, écrivait sans trêve; il s'étonnait déjà qu'on pût employer autrement sa matinée. Quand il se rappelait ses *projets*, il se sentait rougir.

— Petit oncle, pensait-il, voilà déjà qu'en ceci vous aviez raison, cruellement raison. Et s'il en allait de même pour tout ! Si je m'étais fourvoyé aussi dans mes rêves saints et sublimes, dans mes ardentes aspirations vers l'amour et vers l'amitié, vers les hommes, vers moi-même ! Qu'est-ce donc que la vie?

Il se courba sur le papier, et griffonna rageusement : des larmes tremblaient au bord de ses cils...

— Décidément le sort te favorise, disait à son neveu Petr Ivanovitch. Moi j'ai commencé par

servir une année entière sans appointements, tandis
que tu es arrivé d'emblée à la classe supérieure :
soit sept cent cinquante roubles, et mille avec les
gratifications. Pour un début, c'est magnifique.
Le chef de section est content de toi; il ne te
trouve qu'un peu distrait : une virgule que tu
manques, l'objet d'un rapport que tu omets d'ins-
crire en marge. Je t'en prie, corrige-toi. La chose
capitale, ne l'oublie pas, c'est toujours celle que
tu as sous les yeux. Ne t'égare pas dans tes
rêvasseries, par là-haut, Dieu sait où!

Et l'oncle, du doigt, désignait le plafond.

Depuis, il était de jour en jour plus aimable
envers son neveu.

— Quel homme distingué que mon chef de
bureau, petit oncle! dit un jour Alexandre.

— A quoi as-tu vu cela?

— Nous nous sommes liés. Il est si bon, si équi-
table ! Une âme si haute, et de l'esprit ! Et je me
suis lié aussi avec son assesseur. Voilà un homme
d'un caractère inflexible, d'une volonté de fer !

— Et tu as pu déjà le connaître intimement?

— Mais certainement !

— Ton chef de bureau ne t'a-t-il pas invité à
ses jeudis ?

— Oui, à tous ses jeudis. Il semble ressentir
pour moi une sympathie particulière.

— Et son assesseur, ne t'a-t-il pas emprunté
de l'argent?

— Oui, mon oncle, une misère! Je lui ai remis vingt-cinq roubles, ce que j'avais. Il m'en a redemandé cinquante.

— Tu lui en as déjà remis! Ah! fit l'oncle fâché. C'est ma faute en partie : j'aurais dû te prévenir. Mais je ne te croyais pas assez simple pour prêter de l'argent au bout de deux semaines de relations. Il n'importe, je dois prendre ma part de la sottise : inscris à mon compte douze roubles et demi.

— Mais, petit oncle, il me les rendra...

— Tu peux te fouiller! Je le connais. Il m'a fait perdre cent roubles, du temps que je servais dans son bureau. Il prend comme cela dans toutes les bourses. S'il t'en redemande encore, rappelle-lui de ma part ma petite dette et il se le tiendra pour dit. Et ne va pas chez ton chef de bureau.

— Pourquoi donc, petit oncle?

— C'est un joueur. Il te placera autour d'un tapis, avec deux jeunes gens comme toi, et en un clin d'œil, te débarrassera de ton argent jusqu'au dernier kopek.

— Un joueur ! dit Alexandre avec étonnement. Cela se peut-il? Il semble si porté aux chaleureuses expansions !

— Oui, mais glisse-lui seulement, dans la conversation, que je t'ai pris tout ton argent pour te le garder, et tu verras s'il est toujours porté aux sublimes expansions, et s'il t'invite encore à ses jeudis.

Alexandre demeurait pensif. Son oncle hocha la tête.

— Et tu t'imaginais reconnaître, autour de toi, des anges! de chaleureuses expansions! une sympathie particulière !... Pourquoi n'as-tu pas songé, tout d'abord, à te poser cette question : « Peut-être suis-je environné de coquins ? » Ce n'était pas la peine de venir à Pétersbourg, oh! non, vraiment, répéta-t-il.

Un matin, comme Alexandre s'éveillait, Evsiei lui remit un volumineux paquet, avec un billet de son oncle :

« J'ai fini par te trouver une occupation littéraire, disait ce billet; j'ai vu hier un rédacteur en chef de mes amis; il t'envoie de la besogne à titre d'essai. »

La joie faisait trembler les mains d'Alexandre, tandis qu'il ouvrait le paquet. C'était un manuscrit allemand.

— Quoi? qu'est-ce donc?... De la prose. Sur quoi?

Il lut ces mots crayonnés en tête.

« *Sur les engrais ; article pour la rubrique* INTÉRÊTS RURAUX; *prière de traduire au plus vite.* »

Il demeura longtemps à songer devant l'article. Puis, lentement, et soupirant, il prit la plume pour traduire. Deux jours après, l'article était prêt et envoyé.

— Magnifique! Magnifique! lui dit, au bout de

quelque temps, Petr Ivanovitch. Le rédacteur en chef est enchanté. Seulement, il ne trouve pas le style assez grave. Mais quoi! on ne peut se montrer trop exigeant pour la première fois. Il désire lier connaissance avec toi; va le voir demain soir, vers sept heures. Il t'a préparé un autre article.

— Sur le même sujet, petit oncle?

— Non, sur un autre, qu'il m'a dit, mais que j'ai oublié. Ah! j'y suis : sur·le suc des pommes de terre. Bien sûr, Alexandre, tu es né coiffé. J'espère décidément qu'il sortira de toi quelque chose de bon. Peut-être que je n'aurai plus à te demander ce que tu es venu faire ici. Tu n'es pas arrivé depuis un mois que déjà les aubaines pleuvent dru sur toi. Mille roubles à ton bureau; le rédacteur en chef te promet cent roubles par mois pour quatre feuilles d'imprimerie. Total : deux mille deux cents roubles. C'est que je n'ai point débuté de la sorte, moi! dit-il, les sourcils légèrement froncés! Écris à ta mère que tu es maintenant à peu près tiré d'embarras. Je vais aussi lui répondre, lui dire que, pour reconnaître ses bons offices d'autrefois, j'ai moi-même agi de mon mieux à ton égard.

— Petite maman vous en saura beaucoup de gré, petit oncle, et moi aussi! dit Alexandre avec un soupir ; mais il n'essayait déjà plus de prendre son élan pour embrasser son oncle.

CHAPITRE III

Plus de deux 'ans s'écoulèrent. Qui donc eût maintenant reconnu mon provincial, dans ce jeune homme aux façons distinguées, au costume d'une élégance raffinée? La délicatesse des lignes de son jeune visage, la transparence et la pâleur du teint, le fin duvet du menton, tout cela s'était évanoui. Il n'avait plus sa timidé d'antan, ni sa gracieuse gaucherie. Ses traits s'étaient accusés, la physionomie, expressive, dénotait un caractère décidé. Le teint de rose et de lis s'était comme effacé sous une légère couche de hâle. Le fin duvet avait poussé en favoris coupés assez court. De légère et sautillante, la démarche était devenue égale et posée. La voix avait pris des notes de basse. Un portrait achevé avait surgi de l'esquisse à peine ébauchée. Le jeune homme avait fait place à l'homme. Les yeux exprimaient la confiance en soi et la hardiesse, non point cette hardiesse voisine de l'insolence, qu'on voit venir d'une verste, et qui dit à tout venant : « Prends garde, ne

« me marche pas sur le pied, ou sinon ton affaire
est bonne ! » non point la hardiesse qui repousse,
mais celle qui attire. Elle se reconnaissait à ses
élans vers le bien, le succès, à son désir de sur-
monter les obstacles. L'enthousiasme n'éclatait
plus sur sa figure, comme estompée sous une
nuance de réflexion, premier symptôme de la
méfiance et peut-être le seul résultat des leçons
de son oncle et de l'impitoyable analyse à laquelle
il avait soumis son neveu.

Alexandre avait acquis le tact, c'est-à-dire la
science des rapports à observer avec les hommes.
Il ne sautait plus au cou de tout venant, surtout depuis qu'un homme, porté aux « chaleureuses expansions » l'avait, malgré les avertisse-
ments de son oncle, volé deux fois au jeu, depuis
qu'un autre homme « d'un caractère inflexible et
d'une volonté de fer », lui avait emprunté, pour
la vie, une honnête somme d'argent. La fréquen-
tation d'autrui et les événements avaient aussi
contribué grandement à changer Alexandre. Il
avait remarqué, ici, qu'on le raillait, derrière son
dos, pour sa fougue juvénile, qu'on le traitait de
romantique ; là, qu'on le regardait à peine, et que
ses effusions ne faisaient ni chaud ni froid.

Il ne donnait pas de dîner, se passait de voiture et ne jouait jamais gros jeu. Le choc entre le
rêve rose et la réalité l'avait d'abord meurtri. Il
ne songeait pas à se demander : « Qu'ai-je fait

d'extraordinaire pour mériter un autre sort que celui de la foule? » Et pourtant il souffrait dans son amour-propre. Peu à peu il se fit à cette pensée que la vie met les épines près des roses. Il apprit à maîtriser ses élans et ses émotions, du moins devant les étrangers.

Toutefois, au grand chagrin de Petr Ivanovitch, il était loin d'envisager froidement les choses comme elles sont, surtout les choses de l'âme. C'est ainsi qu'il se refusait même à écouter les explications de son oncle sur les mystères et les énigmes du cœur.

Parfois, le matin, Petr Ivanovitch lui donnait une consultation dans les formes; Alexandre prêtait l'oreille, tour à tour mélancolique ou abîmé dans ses réflexions. Le soir, il allait en soirée et revenait étrangement secoué; il était comme fou deux jours durant et les théories de l'oncle s'envolaient en fumée. La chaleur et l'éclat d'une salle de bal, les accords des musiques, les épaules nues des femmes, la flamme de leurs yeux, le sourire de leurs lèvres rouges... lui ôtaient le sommeil pour toute une nuit. Ses songes lui montraient la fine taille qu'il avait pressée, les yeux noirs et longs qui s'étaient arrêtés sur lui; il sentait encore l'haleine tiède pendant la valse, il entendait la causerie chuchotée près de la fenêtre, au bruit lointain de la mazurka; les regards étaient brillants, et Dieu sait ce que mur-

muraient les lèvres ! Et son cœur palpitait, il étreignait son oreiller dans une fièvre, et long-temps s'agitait, sans pouvoir s'endormir.

— Où est-il, l'amour ? Oh ! l'amour ! je le veux ! viendra-t-il bientôt ? disait-il... Quand les connaîtrai-je, ces instants si délicieux, ces voluptés du désir, ces frissons exquis, ces pleurs?...

Le lendemain, il venait chez son oncle.

— Ah ! petit oncle, quelle soirée, hier, chez les Zaraïsky !

Et il se plongeait dans les souvenirs du bal.

— C'était bien ?

— Ah ! merveilleux !

— Un souper convenable ?

— Je n'ai pas soupé.

— A ton âge, ne pas souper quand on le peut ! Je vois que tu ne rechignes plus à nos usages. Je crois même que tu t'y façonnes un peu trop ! Qu'y avait-il donc de si extraordinaire dans ce bal ? Les toilettes ? Les lustres ?

— Oui.

— Et du monde... bien?

— Bien ! Oh ! si charmant ! Quels yeux ! Quelles épaules !

— Des épaules ! A qui?

— Mais à celles dont vous parlez.

— Moi ? A qui donc?

— Mais aux jeunes filles !

— Non, ce n'est pas d'elles que je te parlais.

Enfin !... Il y avait donc beaucoup de jolies filles !

— Beaucoup. Il est fâcheux qu'elles se ressemblent toutes peu ou prou. Ce que l'une fait et dit, voyez, l'autre le fait et le dit comme elle, comme si elles répétaient une leçon. Il y en avait bien une qui tranchait sur les autres ; mais le reste... impossible de trouver une originalité, un caractère. Les gestes, les regards, tous pareils entre eux ! Point de réflexion personnelle ; nulle trace d'un sentiment ; tout est cuirassé, caché comme par des écailles uniformes. Rien ne les ferait rougir, bien sûr. Froides elles resteront à jamais, sans doute ; elles ne s'échaufferont devant personne. Et jamais le souffle de l'amour ou de la passion ne soulèvera leur corsage ; jamais elles n'épancheront leurs sentiments !

— Elles se dévoileront toutes devant leurs maris. Si elles s'ouvraient à tout venant, à ton gré, crois-moi, elles s'exposeraient fort à rester filles. Montrer, avant l'heure, ce qu'il faut tenir caché et refoulé, voilà qui est sot ; sot, sans compter les larmes et les larmes.

— Comment ! ici aussi, petit oncle, s'observer ?

— Ici comme partout, mon ami. Celui qui ne s'observe pas, on l'appelle, en bon russe, *une tête sans calcul*. C'est bref et net.

— Refouler dans son cœur l'élan béni de ses émotions !

— Oh ! toi, parbleu ! tu ne pourrais rien refouler ! Tu es fort capable de sauter au cou d'un ami avec un cri, en pleine rue, en plein théâtre.

— Et puis, petit oncle ! Je passerais pour un homme à sentiments profonds, capable de tout ce qui est noble et beau, et incapable...

— Incapable de calcul, c'est-à-dire de réflexion. La belle figure, vraiment, qu'un homme aux sentiments profonds, aux passions exubérantes ! Des élans, des enthousiasmes ! c'est du coup qu'on ressemble le moins à un homme, et je ne vois point là de quoi être si fier ! Il faut, pour apprécier quelqu'un, se demander s'il sait dominer ses sentiments ; il n'est un homme que s'il le sait.

— Il faut donc, à votre sens, traiter les sentiments comme la vapeur ? dit Alexandre ; en lâcher un peu, et s'arrêter ; ouvrir un peu la soupape, et la refermer ?

— Absolument. Ce n'est pas pour rien que la nature nous l'a donnée, cette soupape : le jugement. Toi, précisément, tu oublies de t'en servir. Cela fait pitié. Pourtant, tu as de l'étoffe.

— Non, petit oncle ! On souffre à vous entendre. Faites-moi plutôt connaître cette barinia nouvellement arrivée...

— Quelle barinia? La Lioubetskaïa ? Était-elle à
ce bal, hier ?

— Oui ; et elle m'a longuement parlé de vous ;
elle s'est informée de son affaire.

— Ah ! oui... à propos.

Il prit un papier dans son tiroir.

— Tiens, reporte-lui ce papier ; dis-lui que c'est
hier seulement qu'à grand'peine j'ai pu le retirer
du greffe. Explique-lui bien l'affaire. Tu as entendu
ce que nous en disions avec le fonctionnaire?

— Oui, je sais, je sais, je le lui expliquerai.

Alexandre saisit le papier des deux mains et le
mit dans sa poche. Petr Ivanovitch l'examinait.

— Mais quelle idée t'a donc pris de faire sa
connaissance ? Elle ne semble guère séduisante,
avec sa verrue sur le nez.

— Une verrue? Je ne m'en souviens pas. Comment l'avez-vous remarquée, petit oncle ?

— Sur le nez ! qui ne la remarquerait?... Mais
que lui veux-tu ?

— Elle est si bonne, si aimable !

— Comment! Toi, qui n'a pas remarqué la
verrue de son nez, tu as déjà vu qu'elle était
bonne et aimable? C'est singulier. Mais, dis-moi,
n'a-t-elle pas une fille? Une petite brune? Ah !
je ne m'étonne plus, à présent, que tu n'aies pas
remarqué la verrue !

Tous deux éclatèrent de rire.

— Et moi, je m'étonne toujours, petit oncle,

que vous ayez plutôt remarqué la verrue que la fille.

— Rends-moi le papier, voyons. Tu lâcherais, pour sûr, toute la vapeur là-bas, et tu négligerais de refermer à temps la soupape ; tu ferais quelque bêtise et le diable sait les explications que tu donnerais !

— Non, petit oncle, je ne ferai pas de bêtise et je garderai le papier... A revoir.

Et il se sauva hors de la chambre en courant.

Cependant les affaires continuaient d'aller bon train. Au bureau, on avait reconnu les aptitudes d'Alexandre et on lui avait confié un emploi convenable. A lui aussi, Ivan Ivanitch commençait à offrir sa tabatière avec respect ; car il prévoyait que celui-là, comme tant d'autres, lui passerait devant, deviendrait chef de bureau, puis sous-directeur, comme un tel, ou directeur, comme tel autre, qui avaient débuté par servir sous ses ordres. « Et aujourd'hui, c'est moi qui travaille sous leurs ordres », ajoutait-il.

De même, au journal, Alexandre était maintenant quelqu'un. Il était chargé du choix des matières, des traductions, de la révision des articles des autres ; il écrivait lui-même ses vues personnelles sur la question agraire. De l'argent, il en avait, d'après lui, plus qu'il ne lui en fallait ; d'après son oncle, encore trop peu.

Il ne travaillait pas qu'en vue du gain. Il poursuivait encore de plus hautes ambitions. Et ses
forces juvéniles faisaient face à tout. Il prenait sur
ses heures de sommeil et de service, écrivait des
poèmes, des nouvelles, des essais historiques,
des biographies. Son oncle ne faisait plus raccom-
moder les paravents avec ses manuscrits ; il les
lisait en silence, approuvait ou disait : « Cela
vaut mieux que le précédent. »

Des articles de lui paraissaient parfois sous un
pseudonyme. Alors, joyeux et frémissant, il allait
s'inquiétant de l'opinion de ses nombreux amis,
au bureau, dans les cafés, dans différentes maisons particulières. Son plus cher rêve, après ses
rêves d'amour, se réalisait. L'avenir lui promettait
une renommée éclatante ; un destin peu commun
semblait l'attendre.

Il s'écoula encore quelques mois. On ne voyait
plus guère Alexandre nulle part, comme s'il avait
disparu. Il descendait plus rarement chez son
oncle. Petr Ivanovitch, attribuant ses absences à
ses occupations, n'essayait pas de le déranger.
Mais un jour qu'il avait rencontré le rédacteur en
chef du journal, ce dernier se plaignit à lui
qu'Alexandre fît trop longtemps attendre un article.
L'oncle promit de s'en expliquer avec son neveu
à la première occasion. Cette occasion s'offrit trois
jours après. Un matin Alexandre se précipita chez

son oncle comme un fou. Sa démarche, ses allures dénotaient une joyeuse exaltation.

— Bonjour ! petit oncle. Oh ! que je suis content de vous voir ! dit-il.

Et il allait l'embrasser ; mais Petr Ivanovitch
eut le temps de se mettre à l'abri derrière la table.

— Bonjour, Alexandre. Eh bien ! que t'arrive-
t-il ? Voilà longtemps qu'on ne t'a vu.

— J'ai... j'ai été très occupé, petit oncle. J'ai
fait des extraits des économistes allemands.

— Alors c'est ton rédacteur en chef qui m'en a
conté. Il m'a affirmé, l'autre jour, que tu flânais ;
c'est un vrai journaliste, pour mentir de la sorte.
Je lui dirai ma façon de penser à notre prochaine
rencontre.

— Ne lui dites rien, interrompit Alexandre. Il
vous a dit cela, parce que je ne lui ai pas encore
envoyé mon article.

— Mais pourquoi, dis-moi, ce visage radieux ?
Qu'as-tu donc ? Est-ce une promotion, ou la croix ?

Alexandre hocha négativement la tête.

— Quoi, alors ? de l'argent ?

— Non.

— Mais alors pourquoi cette figure de général
en chef, s'il ne t'est rien arrivé du tout ? Ne me
dérange pas. Assieds-toi plutôt là, et écris au né-
gociant Doubasov, à Moscou, de m'envoyer au
plus tôt le restant de la somme. Voici d'ailleurs
sa lettre... où donc est-elle ? Ah ! la voilà, prends.

Tous deux, cessant de parler, se mirent à écrire.

— Voilà, j'ai fini, dit Alexandre au bout de quelques minutes.

— Bon ! Oh ! cette jeunesse ! Passe--moi ta lettre. Eh mais... c'est à moi que tu écris « à monsieur Petr Ivanovitch ! » Tandis qu'il s'appelle, lui, Timofaï Nikhonitch. Comment ! 520 roubles ? Mais c'est 5.200 ! Que t'est-il arrivé, Alexandre ?

Petr Ivanovitch posa sa plume sur la table et regarda dans les yeux son neveu, qui rougit et dit :

— Ne remarquez-vous rien dans ma physionomie !

— Si, quelque chose de particulièrement stupide... Mais attends un peu... Tu es amoureux ? dit Petr Ivanovitch.

Alexandre restait muet.

— Est-ce vrai, oui ou non ? Ai-je rencontré juste ?

Alexandre, avec un sourire de béatitude, les yeux extatiques, fit signe que oui.

— C'est donc cela ! Comment ne l'ai-je pas vu plus tôt ! C'est pour cela que tu flânais, et qu'on ne te voyait plus. Les Zaraïsky et les Skatchine me prenaient à partie : « Où donc est-il, Alexandre Fedoritch ? » Où ? Mais voilà : au septième ciel !

Petr Ivanovitch se remit à écrire.

— Et amoureux de Nadinka Lioubetskaïa ! fit Alexandre.

— Cela, je ne te le demandais pas. Mais, quelque

soit l'objet aimé, la sottise est pareille. Dis-moi,
quelle Lioubetskaïa. Celle de la verrue ?

— Oh ! petit oncle ! répliqua Alexandre d'un
ton de reproche, quelle verrue ?

— Mais juste au milieu du nez. Tu ne l'as donc
pas regardée ?

— Vous tournez tout en dérision... Non, c'est
la mère, je crois, qui a la verrue.

— N'est-ce pas la même chose !

— C'est la même chose ! Nadinka ! cet ange !
Est-il possible que vous ne l'ayez point distin-
guée ! Comment la voir une seule fois sans la
distinguer !

— Qu'a-t-elle donc de si remarquable ? Distinguer quoi ? Puisque tu me dis que celle-là n'a pas
de verrue !

— Vous appuyez, j'espère, sur cette verrue !
C'est un péché de parler ainsi, petit oncle. Peut-
on soutenir qu'elle ressemble à ces ennuyeuses
poupées mondaines ? Regardez seulement son
visage ; quelle profonde et discrète rêverie s'y
devine ! Elle sent, et elle pense aussi ; c'est une
haute nature.

L'oncle promenait de nouveau sa plume sur le
papier, tandis qu'Alexandre poursuivait :

— Jamais, dans sa conversation, jamais un lieu
commun rebattu. De quelle lumineuse raison s'é-
clairent ses jugements ! Quelle chaleur dans ses
impressions ! Quel sens profond de la vie ! Votre

point de vue m'empoisonne l'existence ; Nadinka me réconcilie avec elle.

Alexandre s'arrêta ; pendant une minute il s'abima tout à fait dans le souvenir de Nadinka. Il reprit ensuite :

— Quand elle lève les yeux, on voit bien vite de quelle âme vive et noble ils sont les éclaireurs. Et sa voix ! quelle harmonie ! quelle caresse ! Et quand cette voix exhale un aveu d'amour... oh ! il n'est point sur la terre plus sublime volupté. Petit oncle ! que la vie est belle et que je suis heureux !

Les larmes lui débordèrent des yeux ; il voulut embrasser son oncle.

— Voyons, Alexandre ! s'écria Petr Ivanovitch, en se dérobant d'un saut. Referme ta soupape, je te prie ; tu as lâché toute la vapeur. Décidément, tu es fou. Considère un peu ce que tu as fait en une seconde, deux grosses bêtises. Tu as dérangé ma raie, et maculé ma lettre. Je te croyais absolument dégagé de tes petites habitudes. Voilà bien longtemps que tu n'avais pas été si bête. Regarde-toi, regarde-toi dans le miroir, pour Dieu ! Peut-on voir physionomie plus stupide ! Tu n'es pourtant pas un imbécile !

— Ha ! Ha ! Ha ! Je ne suis qu'heureux ! petit oncle.

— On le voit aisément.

— N'est-ce pas ! Je sens l'orgueil éclater dans

mes yeux. Je regarde la foule comme seuls la
regardent les héros, les poètes ou les amoureux
payés de retour...

— Et les fous, ou pis encore !... Et ma lettre,
avec son pâté !

— Laissez ! je vais vous le gratter, et il n'y pa-
raitra plus, répondit Alexandre.

Il sauta vers la table avec un frémissement
nerveux, gratta, nettoya, essuya, et troua le papier. La table oscilla sous ce rude grattage, et
heurta une étagère, soutenant un petit buste d'al-
bâtre italien : un Eschyle ou un Sophocle. Le véné-
rable tragique, sous la secousse, commença par
vaciller deux ou trois fois sur son mince piédes-
tal, puis tomba de l'étagère et se brisa en miettes.

— Troisième bêtise, Alexandre, fit l'oncle en
ramassant les morceaux ; celle-là de cinquante
roubles.

— Je vous les rembourserai, mon oncle ! Oh !
je vous les rembourserai. Mais n'incriminez pas
mon élan ; il était pur et bon. Je suis si heureux !
Dieu ! que c'est beau, la vie !

L'oncle se renfrogna et secoua la tête.

— Quand seras-tu plus sensé, Alexandre ? Dieu
sait ce qu'il chante !

Tout en parlant, il considérait douloureusement
les débris de son buste.

— « Je vous les rembourserai, disait-il, je vous
les rembourserai. » Ce sera la quatrième bêtise...

Je vois que tu meurs d'envie d'épancher en moi ton bonheur. Je ne peux dire non. Si les oncles sont créés et mis au monde pour connaître les bêtises de leurs neveux, soit, je me résigne. Je te donne un quart d'heure. Reste paisiblement assis, abstiens-toi d'une cinquième bêtise, et parle. Et après cette sottise finale, tu t'en iras, car je suis pressé... Tu es heureux, dis-tu? raconte-moi pourquoi, dépêche-toi!

— Je pourrais vous dire, mon oncle, qu'on ne raconte pas ces choses-là, fit Alexandre avec un sourire discret.

— Je pensais t'avoir préparé à aborder ton sujet de front ; mais tu veux absolument, je le vois, commencer par les préambules d'usage : cela veut dire que tu vas en avoir pour une grande heure. Or je suis pressé ; le courrier n'attend pas. J'aime autant, dans ce cas, raconter moi-même la chose.

— Vous? cela va être amusant.

— Ecoute, si tu veux ; tu verras si c'est amusant. Hier, tu as vu, seule à seul, ta *belle*.

— D'où savez-vous cela? demanda Alexandre fiévreusement. Vous me faites espionner !

— Ah bien oui! je vais payer des gens exprès pour t'espionner! Pourquoi te porterais-je un si extraordinaire intérêt? Est-ce que cela me regarde ? dit Petr Ivanovitch en regardant froidement son neveu.

— Alors, d'où savez-vous ?... reprit Alexandre en se rapprochant de son oncle.

— Avant tout, reste assis, pour Dieu ! reste assis. Ne touche pas la table ; tu casserais encore quelque chose... Mais ton histoire, tu la portes écrite sur ta figure, mon cher ; c'est là que je la lis. — Je reprends : vous avez échangé des déclarations.

Alexandre garda le silence et rougit : l'oncle avait de nouveau rencontré juste, évidemment.

— Tous deux, poursuivit Petr Ivanovitch, vous avez été, suivant l'usage, extrêmement sots.

Alexandre eut un geste d'impatience.

— La chose a commencé par des riens. Vous êtes restés seuls ; elle brodait quelque dessin, et toi, tu lui as demandé pour qui elle brodait. Elle t'a répondu : « Pour ma petite maman, » ou : « Pour ma petite tante, » ou quelque chose d'approchant. Vous avez tous deux frissonné comme dans la fièvre.

— Eh bien ! non ! petit oncle. Vous n'y êtes point. Elle ne brodait point ; nous étions au jardin, dit Alexandre.

Et il se tut.

— Soit ! Alors vous avez, pour commencer, parlé d'une fleur, et qui sait ? peut-être même d'une fleur jaune ; c'est fort possible. Tout ce qui tombe sous le regard est bon pour engager un entretien ; les paroles ne sortent pas toutes seules de la bouche. Tu

lui as demandé si elle aimait telle fleur ; elle a
répondu : « Oui. » — « Pourquoi ? » as-tu dit.
Elle a répondu : « Pour rien. » Et vous vous êtes
arrêtés ; car vous aviez envie de parler de tout
autre chose, et la conversation ne se liait pas.
Alors vous vous êtes regardés, vous avez souri,
vous avez rougi.

— Oh ! mon petit oncle, mon petit oncle ! Comment donc ! balbutia Alexandre tout confus.

— Ensuite, poursuivit l'oncle impitoyablement,
tu as dit, incidemment, qu'un monde nouveau
s'ouvrait maintenant devant toi. Elle t'a encore
regardé, comme si elle entendait là quelque chose
d'imprévu, et toi, j'imagine que tu es demeuré
stupide ; puis, d'une voix à peine intelligible, tu
as ajouté que, de cette heure seulement, tu savais
le prix de la vie ; que, bien avant ce jour, tu
l'avais vue déjà, elle... Comment s'appelle-t-elle ?
Maria, ou quoi ?

— Nadinka.

— ... Que tu l'avais vue comme dans un songe,
que tu avais pressenti cette rencontre, que vous
aviez été attirés l'un vers l'autre par une mutuelle
sympathie, et que désormais tu voulais lui dédier
toutes tes élucubrations en vers et en prose.
Et pendant ce temps, tu gesticulais si véhémente-
ment, que tu as dû renverser ou casser quelque
chose.

I.   9

— Petit oncle, s'écria malgré lui le jeune homme, vous étiez là, nous écoutant !

— Précisément, j'étais assis là, derrière un buisson. Tu sais bien que je n'ai rien autre qu'à te courir derrière, qu'à espionner tes bêtises.

— Alors, d'où pouvez-vous savoir tout cela ? interrogea Alexandre abasourdi.

— C'est bien simple. Depuis Adam et Ève, n'est-ce pas toujours et partout la même histoire, avec de légères variantes ? Il suffit, pour deviner ces variantes, de connaître les caractères des personnages. Cela t'étonne ? et monsieur est un écrivain ? Gageons que maintenant, tu vas, comme un fou, danser et folâtrer trois jours entiers, et te pendre à tous les cous (mais, pour Dieu ! pas au mien !). Tu devrais t'enfermer, tout ce temps, dans ta chambre, lâcher là toute cette vapeur, exécuter là tous ces exercices devant Evsiei, de manière que nul autre ne les voie. Puis tu méditeras, tu brigueras une autre faveur, par exemple un baiser.

— Un baiser de Nadinka ! Oh ! la sublime ! oh ! la divine récompense ! cria Alexandre.

— Divine !

— Eh quoi ! matérielle et terrestre, à votre sens ?

— C'est évidemment affaire d'électricité. Chez tous les amoureux, le même phénomène : eux sont les bouteilles de Leyde fortement chargées ;

les baisers figurent l'étincelle électrique : quand
les baisers ont déchargé toute l'électricité, adieu
l'amour ! C'est l'heure du refroidissement.

— Petit oncle !...

— Que t'imaginais-tu donc ?

— Quel point de vue ! quelles théories !

— Ah ! oui, j'oubliais. Tu vas en revenir aux
signes immatériels, encombrer encore la chambre
de bêtises, et rêvasser en les contemplant. Et les
affaires chômeront.

Alexandre porta vivement les mains à sa poche.

— Quoi ? Déjà ! Tu feras donc tout ce qui s'est
fait depuis que le monde est monde ?

— Et ce que vous avez fait vous-même, petit
oncle.

— Oui ; mais toi, plus sottement.

— Plus sottement ? Parce que mon amour sera
plus profond, plus fort que ne furent les vôtres !
que je ne bafouerai point mes sentiments, que je
ne les tournerai point en ridicule, que je ne me
raillerai point moi-même aussi froidement que
vous l'avez fait ! que je ne déchirerai point les
voiles qui recouvrent les mystères sacrés !

— Tu n'aimeras, ni plus fort, ni plus sottement
qu'un autre. Tu déchireras, toi aussi, les voiles
des mystères. Toi, seulement, tu auras foi dans
l'éternité, dans l'immuabilité de l'amour, tu ne
penseras qu'à cela ; et c'est en quoi tu seras plus

bête qu'un autre. Et tu seras malheureux, faute
d'un grain de bon sens.

— Mais c'est affreux ! c'est affreux, ce que vous
dites là, petit oncle .. Que de fois je me suis juré
de vous cacher l'état de mon cœur !

— Pourquoi n'as-tu pas tenu ton serment ? Il
vient, me dérange...

— N'êtes-vous pas ici mon unique parent, petit
oncle ? Avec quel autre partagerais-je le trop plein
de mon âme ? Et vous, impitoyablement, vous
portez le scalpel dans les replis les plus secrets
de mon cœur !

— Crois-tu que ce soit pour mon plaisir ?
N'est-ce pas toi-même qui m'as demandé conseil.
Que de bêtises je t'ai épargnées déjà !...

— Non, petit oncle. Je préfère rester un sot à
vos yeux ; mais vivre avec des théories pareilles
sur la vie, sur les hommes, je ne le puis. C'est
trop désolant, trop affreux ! Je ne le puis, ni ne le
veux, entendez-vous, mon oncle !

— J'entends ; mais qu'est-ce que tu veux que j'y
fasse ? Je ne peux pas cependant t'affranchir de
cette vie.

— Mais, dit Alexandre, en dépit de vos théories
je serai heureux, j'aimerai fidèlement, éternellement.

— Hélas ! non !... Je pressens que tu vas encore
casser quelque chose chez moi... Mais ce ne serait

rien. Amour pour amour, tu es libre. Voilà bien longtemps que les jeunes gens comme toi s'adonnent de préférence à l'amour. Mais jamais au point, comme toi, de planter là les affaires. L'amour, c'est l'amour ; mais les affaires sont les affaires aussi...

— Je traduis de l'allemand !

— Tu ne traduis rien du tout ; tu t'abîmes dans des rêvasseries et ton rédacteur en chef te congédiera.

— Qu'il en use à sa guise, je me passe de lui. Puis-je songer au gain méprisable, maintenant que...

— Méprisable, le gain ! Méprisable ! Mais va donc te bâtir une hutte dans les montagnes, manger du pain sec, boire de l'eau et chanter des chansons :

> « Pour moi la plus pauvre chaumière,
> Avec toi, se changera en paradis. »

Seulement, quand tu n'en auras plus, du métal méprisable, ne viens pas m'en demander. Je te dirais : non !

— Il me semble que je ne vous ai pas souvent importuné de demandes pareilles.

— Jusqu'à présent, Dieu merci, non ! Mais cela peut venir, si tu plantes là les affaires : car l'amour lui-même coûte de l'argent : folies de toilette et le reste. Oh ! c'est l'amour de la vingtième année, c'est cela qui est vraiment méprisable ! Oui, méprisable , et combien inutile aussi !

— Quel est donc l'amour utile, petit oncle ?
Celui de la quarantième année !

— L'amour de la quarantième année, je ne sais
ce que c'est, mais, dans la trente-neuvième, un
amour...

— Comme le vôtre ?

— Soit, le mien.

— C'est-à-dire un amour nul.

— Où prends-tu cela ?

— Pouvez-vous aimer ?

— Pourquoi non ? Ne suis-je pas un homme ?
ou bien ai-je quatre-vingts ans ?... Seulement,
mon amour, lorsque j'aime, est pondéré ; je ne
m'oublie pas ; je ne casse rien, je ne dérange rien.

— Un amour bien pondéré ! bien paisible !
qui ne s'oublie pas ! dit en souriant Alexandre ;
qui ne s'oublierait pas un seul instant !...

— L'amour sauvage, brutal, interrompit Petr
Ivanovitch, s'oublie soi-même ; mais l'amour raisonnable ne doit pas s'oublier, ou bien ce n'est
plus l'amour...

— Et quoi, alors ?...

— Rien, une bêtise.

— Vous... aimer ! fit Alexandre en regardant
son oncle avec un air d'incrédulité. Ha ! Ha ! Ha !

Petr Ivanovitch, silencieux, écrivait.

— Et qui donc aimez-vous, petit oncle ? interrogea le neveu.

— Tu voudrais le savoir ?

— Oui, je voudrais.

— J'aime ma fiancée.

— Votre fi...ancée? put à peine articuler Alexandre. Et, s'élançant de sa place, il s'avança vers son oncle.

— N'avance pas, n'avance pas, mon garçon ! referme ta soupape ! dit Petr Ivanovitch, en voyant les yeux grands ouverts de son neveu.

Et il se hâtait de tirer vers lui tous ses bibelots, les bustes, les figurines, sa montre et son encrier.

— Alors vous allez vous marier ? interrogea Alexandre toujours stupéfait.

— C'est fort possible.

— Et vous êtes si tranquille : vous écrivez à Moscou, vous causez de sujets indifférents; vous vous rendez à votre fabrique, et puis cette manière infernalement froide de disserter sur l'amour !

— Infernalement froide ! Voilà qui est neuf. On dit qu'il fait très chaud en enfer. Mais pourquoi me jettes-tu des regards aussi étranges ?

— Vous... marié !

— Quoi de si étonnant à cela? fit Petr Ivanovitch en posant sa plume.

— Quoi? Vous vous mariez et vous ne m'en soufflez pas un mot ?

— Excuse-moi. J'avais, en effet, oublié de t'en demander l'autorisation.

— Vous n'aviez pas à me demander d'autorisation, petit oncle; mais vous pouviez me faire part... Mon oncle paternel se marie, et je l'ignore : on ne me le dit même pas.

— Tu vois que je te l'ai dit.

— Oui, mais seulement contraint par l'occasion.

— Moi, pour faire quelque chose, j'attends toujours l'occasion.

— Oui, mais j'eusse voulu, le premier, partager votre joie... Vous savez combien je vous aime, et comme je la partagerai...

— Ces partages me déplaisent toujours ; mais, pour les choses du mariage, c'est encore bien pis.

— Savez-vous quoi, petit oncle ? dit vivement Alexandre. Il se peut... car je ne puis rien vous cacher... je ne suis pas comme vous ; il faut que je dise tout...

— Je n'ai pas le temps, Alexandre ; si c'est une autre histoire, ne pourrais-tu la renvoyer à demain ?

— Je veux seulement vous dire que peut-être... moi aussi, je jouirai bientôt d'un bonheur pareil !

— Quoi ? interrogea Petr Ivanovitch en tendant un peu l'oreille ! Hé ! voilà qui est curieux !

— Ah ! curieux ! Je veux vous tourmenter à mon tour, moi. Vous ne le saurez pas.

Petr Ivanovitch prit froidement une enveloppe, y glissa sa lettre et la cacheta.

— Moi aussi, dit Alexandre à l'oreille de son oncle, je vais peut-être me marier.

Petr Ivanovitch n'acheva point de cacheter sa lettre. Il regarda son neveu très sérieusement.

— Referme ta soupape, Alexandre, dit-il.

— Vous ne faites que plaisanter, mon oncle. Ce que je dis n'est point une plaisanterie. Je vais demander la permission à petite maman.

— Te marier !

— Pourquoi non ?

— A ton âge ?

— J'ai vingt-trois ans !

— C'est le moment, en effet. A cet âge, les moujiks seuls se marient, quand ils ont besoin d'une ménagère pour leur maison.

— Mais si j'aime une jeune fille, et si le mariage est possible, nous ne devons donc pas nous marier, à votre sens ?

— En général, je ne te conseillerai jamais d'épouser une femme dont tu seras amoureux.

— Comment ! petit oncle ! voilà qui est neuf. Je n'ai jamais rien entendu de pareil.

— Il y a bien des choses que tu n'as pas encore entendues !

— J'ai toujours cru que le mariage n'allait pas sans l'amour.

— Le mariage est le mariage et l'amour est l'amour, dit Petr Ivanovitch.

— Comment se marier par calcul ?

— Avec un calcul, rectifia l'oncle. Mais ce calcul ne doit point porter seulement sur l'argent.

L'homme est né pour vivre dans la société de la femme. Toi aussi, tu calculeras avant de te marier, tu chercheras, tu choisiras parmi les femmes.

— Chercher? choisir? fit Alexandre étonné.

— Oui, choisir. Et c'est pourquoi je te déconseillerai d'épouser une femme dont tu sois amoureux. L'amour passe, c'est une vérité patente.

— C'est le pire mensonge, la pire calomnie !

— Te convaincre maintenant serait chose impossible. Tu verras toi-même plus tard. Seulement, écoute bien ce que je te dis. L'amour passe, je te le répète; cette femme qui te semblait la perfection même, peut-être t'aviseras-tu qu'elle n'est pas du tout parfaite, et tu n'y pourras plus rien. L'amour te fermera les yeux sur l'insuffisance des qualités nécessaires à la femme ; au contraire, si tu choisis de sang-froid, tu sauras voir si telle femme, ou telle autre, a les qualités de l'épouse. Voilà le vrai calcul : si tu tombes sur une pareille épouse, elle te conviendra sûrement à tout jamais, car elle répondra à tes désirs ; de là, entre elle et toi, une intimité d'où naîtra ensuite...

— L'amour, peut-être? fit Alexandre.

— Oui, ou tout au moins l'accoutumance.

— Se marier sans inclination, sans passion, sans la moindre poésie ! Peser le pour et le contre !

— Tu te marierais comme tu es venu ici, sans réfléchir, sans te demander pourquoi?

— Vous vous mariez par calcul, dit Alexandre.

— Avec un calcul, rectifia de nouveau Petr
Ivanovitch.

— C'est tout un.

— Point du tout ; « par calcul » signifie se
marier pour l'argent ; c'est vil ; mais se marier
sans un calcul, c'est sot. Quant à toi, il ne te
convient pas, pour le moment, de songer au
mariage.

— Et quand me marierai-je ? Quand je serai
vieux ? Pourquoi voulez-vous que je suive de sots
exemples ?

— Et les miens, par exemple ? Merci.

— Je ne parlais point pour vous, petit oncle,
mais pour tous indistinctement. Par exemple, on
va voir un mariage : c'est une belle créature, tendre, presque une enfant, qui n'attendait que la
touche magique de l'amour pour s'épanouir comme
une fleur de luxe, et voilà qu'on l'arrache à ses
poupées, à sa bonne, à ses jeux d'enfant, à ses
rondes, et Dieu soit loué si on ne lui enlève que
cela. Bien souvent on néglige d'interroger son
cœur qui déjà peut-être ne lui appartient plus.
On l'habille d'une robe de gaze, on la couronne
de fleurs, et malgré ses larmes, sa pâleur, on la
traîne comme une victime... auprès de qui ? auprès
d'un homme mûr, laid, neuf fois sur dix. Il jette
sur elle de blessants regards de désir, ou bien,
froidement, l'examine de la tête aux pieds et

pense : « Tu es belle, mais ta tête est farcie de
sottises... l'amour et les roses ! Je vais te guérir de
tout cela. » Ou pis encore! il rêve à la dot. Le
plus jeune a trente ans, la tête chauve : avec une
croix, c'est vrai, voire même un crachat. Et tout
autour la foule se presse, la foule où la malheureuse jeune fille trouverait plus d'un homme qui
mériterait mieux que l'élu de prendre place aux
côtés de la fiancée... C'est terrible...

— Stupide ! Voilà deux ans que tu écris sur l'engrais, les pommes de terre et autres sujets sérieux,
dans un style sévère, laconique, et pourtant tu
parles encore comme un vrai sauvage! Par Dieu !
renonce à tes lubies extatiques ou tout au moins,
quand tu sens que ça te prend, tais-toi.

— Comment! n'est-ce pas dans l'extase que
naissent les pensées du poète !

— Assez ! ce serait folie de laisser un gaillard
comme toi se marier !... Dès la première année, il
perdrait la tête, il irait chercher des distractions
dans les coulisses, ou donnerait à sa femme sa
propre femme de chambre pour rivale: car les
lois de la nature exigent le changement. De son
côté la femme observe les escapades de son mari,
prend goût aux casques, se met à suivre les
parades, est de toutes les mascarades... Et elle
te fera... oui! C'est pis encore quand on est
pauvre. « Moi, dit-on, je suis marié, j'ai trois
enfants ; venez-moi en aide, je ne puis subvenir à

leurs besoins, je suis pauvre... » Pauvre, quel dégoût! Mais j'espère que tu ne seras ni de l'une ni de l'autre catégorie.

— Je serai de la catégorie des maris heureux. Je ne veux pas chanter la chanson de tout le monde ; la jeunesse est passée, la solitude pèse et on se marie !...

— Tu divagues, mon cher.

— Qu'en savez-vous?

— Allons, tu es comme les autres... Pourquoi te maries-tu?

— Comment, pourquoi? Mais Nadinka sera ma femme, s'écria Alexandre en cachant son visage entre ses mains.

— Et puis? Tu vois bien que tu ne sais pas toi-même pourquoi!

— Mais... mais, la respiration me manque rien que d'y penser! Oh! c'est que vous ne savez pas à quel point nous nous aimons! Comme jamais n'aima personne!

— J'aimerais mieux, Alexandre, être injurié, ou même embrassé par toi, que de t'entendre répéter cette sotte phrase. Comment donc as-tu la langue tournée pour dire : « comme jamais personne n'aima »?

Petr Ivanovitch haussa les épaules.

— Cela n'est-il point possible?

— Si. C'est même très possible. Jamais, pour sûr, on n'aima plus sottement.

— Mais elle dit qu'il faut attendre un an, que nous sommes encore trop jeunes, qu'il faut nous éprouver l'un l'autre. Toute une année ! — Après...

— Un an ! Ah ! tu aurais pu le dire plus tôt, interrompit Petr Ivanovitch. C'est elle qui le veut? Quelle femme de sens ! Quel est donc son âge?

— Dix-huit ans.

— Et toi, vingt-trois? Eh bien ! elle est certainement vingt-trois fois plus intelligente que toi. Je vois qu'elle entend les affaires. Avec toi, elle va s'amuser, coqueter, tuer gaiement le temps. Peste ! il y en a dans le tas de très, très intelligentes. Mais alors, tu ne te marieras pas ! Je croyais que tu allais faire la chose à l'instant, et discrètement ! A ton âge ces folies se font si prestement qu'on ne peut même s'y opposer. Un an ! Tu as un an devant toi? D'ici là, elle a bien le temps de te tromper.

— Qui? Elle... me tromper... coqueter... une enfant, elle, Nadinka ! Oh ! petit oncle ! Avec qui avez-vous donc vécu toute votre vie? Qui avez-vous aimé pour avoir des idées si noires ?

— J'ai vécu avec des hommes; j'ai aimé une femme.

— Elle, cet ange, me tromper ! cette incarnation de la franchise ! cette femme que Dieu semble avoir créée parfaite et douée de tous les dons !

— Oui, mais femme ! et sûrement, elle te trompera.

— Et moi aussi, je la tromperai, peut-être, d'après vous ?

— Oui, toi aussi, avec le temps.

— Moi ! Vous pouvez penser ce qu'il vous plaira de ceux que vous ne connaissez pas ; mais avec moi, n'est-ce pas un péché de me supposer capable d'un pareil crime ? Qui suis-je donc pour vous ?

— Un homme.

— Mais tous ne se ressemblent pas. Apprenez que moi, très sérieusement, très sincèrement je lui ai promis de l'aimer toute ma vie ! Je suis prêt à le jurer solennellement.

— Je les connais, tous ces serments. Un homme sérieux ne doute point de sa propre sincérité, lorsqu'il engage sa foi à une femme ; il change, se refroidit, sans savoir lui-même comment. Cela se fait involontairement : il n'y a pas de vile action, il n'y a pas de responsabilité. La nature ne permet pas d'aimer éternellement et ceux qui croient à l'amour immuable n'en font pas moins comme ceux qui n'y croient pas, — seulement ils ne veulent pas l'avouer. « Nous sommes au-dessus de cela, pensent-ils, nous ne sommes pas des hommes... » Des anges, n'est-ce pas ? Quelle sottise !

— Mais il y a des époux amoureux qui aiment toute la vie.

— Toute la vie ! Deux ou trois ans, voilà ton
« toute la vie! » C'est l'éternité de l'amour, deux
ou trois ans! Mais comprends donc les choses:
l'amour est d'essence nécessairement passagère.
Les époux vivent ensemble toute la vie: mais
s'aiment-ils toute la vie? Est-ce toujours l'amour
qui les lie? Que deviennent les petits soins quo-
tidiens, ces attentions incessantes, cette soif d'être
ensemble, ces larmes, ces transports, — toutes
ces niaiseries? La froideur et l'inertie des maris
sont proverbiales. « L'amour devient de l'amitié »,
dit-on d'un air grave. Mais l'amitié n'est pas
l'amour! Et qu'est-ce d'ailleurs que cette amitié?
Les circonstances, les intérêts, la vie commune,
l'habitude! Sans quoi les époux se séparent,
aiment ailleurs, et l'on appelle cela trahison!...
Mais le plus souvent l'habitude les lie de nœuds
solides. Entre nous soit dit, l'habitude est plus
forte que l'amour: on ne l'appelle pas pour rien
une seconde nature. Elle ne cède qu'à la mort.
Et pourtant, tu sais, on se console vite... Toute la
vie, ah! toute la vie!

— Mais voyons, petit oncle, ne craignez-vous
pas pour vous-même? Peut-être aussi votre fiancée... excusez... vous trompera

— Je ne crois pas.

— Quelle fatuité!

— Ce n'est pas fatuité, mais calcul.

— Encore le calcul!

— Réflexion, si tu aimes mieux.

— Et si elle aime quelqu'un?

— Il n'y a qu'à ne pas le lui permettre; pourtant, si ce malheur arrivait, on pourrait habilement la refroidir.

— Serait-ce possible? Le pourriez-vous?

— Absolument.

— Pourtant, si c'était possible, tout mari trompé se comporterait de même, dit Alexandre.

— C'est que tous les maris ne se ressemblent pas, mon cher. Les uns sont trop indifférents vis-à-vis de leurs femmes et ne font pas attention à ce qui se passe autour d'eux, ou ne veulent pas s'en apercevoir. Les autres, par amour-propre, voudraient bien; mais ils sont lâches ou ne savent pas s'y prendre.

— Et vous, comment vous y prendrez-vous?

— Ceci, c'est mon secret; tu ne saurais le comprendre; tu as la fièvre.

— Je suis heureux du présent et je remercie Dieu; quant à l'avenir, je ne veux pas même m'en inquiéter.

— La première partie de ta phrase était raisonnable; il n'est pas nécessaire d'être amoureux pour la dire. Elle démontre que tu sais jouir du présent. Mais la seconde partie — excuse-moi — ne signifie rien. « Je ne veux pas m'inquiéter de l'avenir. » Cela veut dire que tu ne veux pas plus songer à ce qui était hier qu'à ce qui est aujourd'hui, qu'à ce qui sera demain; que tu ne veux ni te préparer à ce qui peut t'arriver, ni te prémunir. « Qu'importe où le vent me pousse? » Dis-moi, je te prie, est-ce raisonnable?

— Selon vous, petit oncle, faut-il donc prendre un verre grossissant pour analyser le bonheur?

— Non, mais il faut l'examiner par le gros côté de la lorgnette pour ne pas devenir fou de joie et ne pas se pendre au cou de tout le monde.

— Et la tristesse, faut-il aussi l'examiner par le gros côté de la lorgnette?

— Par le bon côté, au contraire! On supporte plus aisément ensuite un désagrément que d'abord on s'était exagéré.

— Pourquoi donc me hâterais-je de tuer par un froid raisonnement ma joie avant d'en avoir joui? Pourquoi me dirais-je : « Je serai trompé » ou : « Ça passera? » Pourquoi mourrais-je de cha-grin au moment d'être heureux?

— En revanche, quand le moment d'être malheureux sera venu, tu penseras aussi que le malheur passera, tu ne viendras pas pleurer dans mon gilet et te lamenter sur la versatilité du bonheur, tu seras froid et calme autant qu'homme peut l'être.

— Voilà donc le secret de votre tranquillité, dit Alexandre d'un air absorbé.

Petr Ivanovitch se tut et se remit à écrire.

— Mais [quelle vie! s'écria Alexandre. Ne

jamais s'oublier, et toujours calculer, calculer !
Non, je sens qu'il y a autre chose. Je veux vivre
sans me soucier de l'avenir. Cela m'est indifférent. Pourquoi m'inquiéter avant le temps et
corrompre...

— Pourquoi ! je le lui répète cent fois ; et lui il
continue son refrain ! Ne me pousse pas à faire
sur toi quelque comparaison malsonnante. Pourquoi ? Parce que si tu prévois le danger, l'obsta-
cle, le malheur, il te sera plus aisé de leur résister
ou de les subir. Tu n'en perdras ni la raison ni la
vie ; et quand reviendra le bonheur, tu ne te met-
tras pas à gambader et à casser les bustes. Est-ce
clair ?. . On lui dit : Voici le commencement,
regarde et tâche d'y conformer la fin. Et lui se
bouche les yeux, secoue la tête comme à la vue
d'un épouvantail et rit comme un enfant... Mais
pourquoi parler raison avec toi ? Tu as le délire
aujourd'hui... Diantre ! il est temps ; il est près
d'une heure. Assez causé, Alexandre, va-t-en. Je
ne t'écoute plus. Viens dîner chez moi demain,
j'aurai du monde.

— De vos amis, peut-être ?

— Oui, Konev, Smirnov, Fedorov, tu les connais. Et quelqu'un encore.

— Konev, Smirnov, Fedorov ; ce sont les mêmes
avec qui vous êtes en affaires.

— Oui, tous des hommes utiles.

— Et ce sont des amis à vous ? De fait, je ne

vous ai jamais vu faire à personne un accueil
tant soit peu chaleureux.

—Ne t'ai-je pas déjà dit que j'appelais mes amis
ceux que je rencontre le plus souvent, ceux à
qui je dois ou du profit, ou du plaisir ? Car à quoi
bon, dis-moi, nourrir les gens en pure perte ?

— Je croyais que vous vouliez, avant votre
mariage, dire adieu à vos amis véritables, à ceux
que vous aimez sincèrement, pour vous rappeler
une dernière fois, la coupe en main, votre joyeuse
jeunesse, et peut-être, au moment de la séparation, les serrer sur votre cœur étroitement !

— Dans le peu de mots que tu viens de prononcer, il y a tout : ce qui n'existe pas dans la
vie et ce qui ne doit pas y exister. Avec quel
ravissement ta tante se pendrait à ton cou ! En
effet, je trouve là et les *véritables* amis, pour dési-
gner simplement les amis, et la *coupe* en main,
alors qu'on boit simplement dans des verres, et
les étreintes au moment des adieux, quand on
n'a pas d'adieux à échanger. Oh ! Alexandre !

— Ne regrettez-vous point de quitter ces amis,
ou du moins de les voir plus rarement? demanda
Alexandre.

— Non : je ne me suis jamais lié avec personne
de manière à le regretter. Encore un conseil que
je te recommande.

— Mais peut-être ne sont point-ils commevous ?
Peut-être regrettent-ils ce bon compagnon ?

— C'est leur affaire et non la mienne. J'en ai déjà perdu plus d'un, de ces amis-là, et, comme tu vois, je n'en suis pas mort. Alors tu viendras, demain ?

— Demain, petit oncle, c'est que...

— Quoi !

— Je suis attendu à la campagne.

— Chez les Lioubetski, bien sûr.

— Oui.

— C'est bien. Comme tu voudras. Ne néglige point les affaires, Alexandre. Moi je dirai au rédacteur en chef à quoi tu passes ton temps.

— Oh ! mon oncle, n'en faites rien. Je vais finir sans faute ma traduction des économistes allemands.

— Il faut d'abord que tu la commences. Surtout n'oublie pas ce que je t'ai dit : ne viens pas me demander du *méprisable métal,* si tu t'abandonnes encore à la douce volupté.

———————

CHAPITRE IV

Alexandre avait divisé sa vie en deux parts.
Son service lui prenait toute la matinée : il se
plongeait dans des actes poussiéreux, traitant des
affaires qui ne l'intéressaient nullement, inscri-
vant sur des registres des millions qui ne lui
appartenaient pas. Mais, parfois, son cerveau se
refusait à penser pour autrui ; la plume lui tombait des mains et il se sentait investi par cette
douce volupté que lui reprochait si fort Petr Ivanovitch.

Dans ces moments, Alexandre se renversait
sur les barreaux de sa chaise ; il se transportait
en esprit dans la villa prochaine, si calme, sans
papiers, sans encre, sans figures baroques, sans
galons ; où règnaient la paix avec la fraîcheur
caressante ; où, dans une pièce splendidement
décorée, s'épandait le parfum des fleurs, réson-
naient les accords du piano. Le perroquet se
démène dans sa cage ; au jardin ondulent les
branches des bouleaux et des lilas. Et la reine de
ce décor, Elle !...

Le matin, assis à son bureau, Alexandre vivait par la pensée dans l'îlot où se trouvait la villa de Lioubetski, où, le soir, il venait, en personne, vivre réellement. Jetterons-nous sur son bonheur un coup d'œil indiscret?

La journée était chaude, une de ces journées si rares à Pétersbourg. Le soleil embrasait les champs, mais sévissait en même temps dans les rues de Pétersbourg, incendiant le granit de ses rayons qui, renvoyés par les pierres, allaient sur-chauffer la tête des passants. Ceux-ci cheminaient lentement, baissant le front. Des chiens erraient, la langue pendante. La capitale rappelait quel-qu'une de ces villes fabuleuses où tous les objets, sur un signe du magicien, se sont subitement pétrifiés. Les équipages roulaient sans cahoter. Les persiennes étaient baissées sur les fenêtres comme des paupières sur des yeux clos. Les planches des ponts étincelaient comme un parquet ciré. Le trottoir vous brûlait les pieds; tout lan-guissait, morne et somnolent. Le piéton, essuyant la sueur de son visage, recherchait l'ombre. La diligence, avec six voyageurs. se traînait hors de la ville, soulevant à peine la poussière sur son passage.

A quatre heures, les employés quittèrent leurs bureaux et s'en furent paisiblement chez eux. Quant à Alexandre, il s'élança avec la même vivacité que si le plancher se fût effondré derrière lui, il consulta sa montre :

— Il est tard, trop tard pour dîner là-bas !

Il courut à un restaurant :

— Qu'avez-vous à manger ? Allons, dépêchez-vous !

— Soupe julienne à la reine, entrées à la provençale et à la maître d'hôtel ; rôtis : dinde et sanglier ; gâteaux.

— Bien. Une soupe à la provençale, une entrée julienne et un rôti ; un soufflé. Mais vite !

Le garçon l'examina.

— Quoi ? fit Alexandre avec impatience.

Le garçon se précipita et revint, portant ce qui lui plaisait. Adouiev n'en fut moins fort satisfait. Sans attendre le dernier plat, il se hâta vers la Néva. Une barque était là avec deux rameurs.

Une heure après, il entrevit le coin désiré. Il se dressa dans la barque et porta au loin ses regards. Ils exprimaient d'abord une inquiétude effrayée ; puis les rayons de la joie, comme la lumière du soleil, illuminèrent de nouveau son visage : il venait d'apercevoir, à la petite porte du jardin, la robe familière. Et là-bas aussi il était reconnu ; on agitait un mouchoir. Peut-être l'attendait-on depuis longtemps ? Ses pieds brûlaient d'impatience.

— Ah! pensait-il, si l'on pouvait courir sur
l'eau! On invente un tas de niaiseries, et cela,
personne n'y songe.

Les bateliers rament d'un mouvement lent et
uniforme de machine. La sueur coule, à mesure,
de leurs faces ensoleillées. Ils ne voient pas que
le cœur d'Alexandre palpite, qu'il fixe toujours les
yeux sur le même point, que deux fois déjà, par
distraction, il a sorti du bateau un pied, puis
l'autre. De tout cela, ils ne voient rien; ils rament
avec la même indifférence, et, par moments, s'es-
suient la face.

— Plus vite, dit-il, un demi-rouble de pourboire!

Comme ils s'empressent, comme ils s'agitent
sur leur banc! Qu'est devenue leur lassitude? Où
puisent-ils cette vigueur?

Les rames fendaient l'eau avec un clapotement
singulier. La barque, à chaque coup d'aviron,
franchissait un espace énorme. Dix coups d'aviron
en avant, le temps de décrire une courbe, et la
barque s'approcha, gracieuse, de la rive. Alexandre et Nadinka se souriaient, ne se quittaient pas
des yeux. Le jeune homme mit, par mégarde, un
pied dans l'eau, ce qui égaya son amie.

— Plus doucement, barine; attendez que je
vous aie avancé la main, dit l'un des bateliers.

Mais Alexandre était déjà sur le bord.

— Attendez-moi ici, leur dit-il.

Et il courut à Nadinka.

Elle souriait tendrement en le regardant s'avan-
cer.

— Nadedja Alexandrovna! dit Alexandre fou
de joie.

— Alexandre Fedoritch!

D'instinct, ils allaient se jeter dans les bras
l'un de l'autre; mais ils se continrent. Un regard,
des larmes, des sourires et le silence. Quelques
minutes se passèrent.

Petr Ivanovitch était vraiment excusable de
n'avoir pas d'emblée distingué Nadinka. Ce
n'était point une *beauté,* et elle ne forçait point
l'attention. Mais à la considérer un peu longuement, on se laissait gagner par son charme très
réel. Sa physionomie ne pouvait demeurer deux
minutes immobile. Les pensées et les sentiments
de son âme impressionnable à l'excès allaient se
modifiant sans cesse, et le jeu continu de leurs
reflets prêtait à ses traits une expression toujours
neuve et inattendue. Ainsi ses yeux jetaient un
éclair subit et aussitôt se voilaient sous de
longs cils; et le visage, immobilisé, semblait
d'une statue. Puis les paupières se relevaient :
mais nul vestige du feu passager; un regard
pudique et limpide, comme la pâle transparence
lunaire à travers les nuages. Et le cœur se pre-

nait à ce regard, comme à la grâce singulière
des mouvements de son corps, grâce faite de
sauvagerie, et de cette vivacité native que l'arti-
ficielle vie mondaine fait sitôt perdre aux jeunes
filles. Parfois Nadinka demeurait immobile comme
un modèle de peintre ; soudain, une émotion
intérieure fondait cette immobilité en gestes vifs,
inattendus, charmants. Les mêmes soubresauts
accidentaient sa conversation : un jugement sérieux sur les choses, puis des rêveries, et soudain une saillie enfantine, une pointe malicieuse.
Tout en elle dénotait l'esprit, avec un cœur
indompté et divers. Cette jeune fille en eût séduit
bien d'autres qu'Alexandre ; il est vrai que Petr
Ivanovitch ne l'aurait jamais remarquée ; mais
y en a-t-il beaucoup comme lui?

— Vous m'attendiez ! Que je suis heureux,
mon Dieu ! dit Alexandre.

— Vous attendre, moi ! Je n'y songeais nullement, répliqua-t-elle avec un léger mouvement
de tête. Vous savez bien que je passe ma journée
au jardin.

— Vous m'en voulez ? demanda timidement
Adouiev.

— Vous en vouloir ? Et de quoi ? Quelle idée !

— Alors donnez-moi votre menotte.

Elle la lui tendit ; mais il la touchait à peine,
qu'elle la retira : et aussitôt elle apparut chan-

gée. Le sourire s'était évanoui; son visage trahissait comme un mécontentement.

— Qu'est-ce donc ? vous buvez du lait ?
demanda-t-il.

Nadinka tenait dans sa main gauche une tasse
avec une croûte de pain.

— Oui, je dîne.

— Vous dînez, à six heures, et rien qu'avec du
lait !

— Cela vous semble drôle, n'est-ce pas, après
votre plantureux dîner chez votre oncle. Ah ! C'est
que nous vivons modestement, ici, à la campagne.

Elle avala quelques miettes de pain et but une
gorgée de lait, en faisant une jolie grimace avec
ses lèvres.

— Ce n'est pas chez mon oncle que j'ai dîné.
Hier j'avais dit que je n'irais pas.

— Vous ne rougissez pas de mentir de la sorte ?
Où vous seriez-vous attardé ainsi?

— J'ai quitté mon bureau à quatre heures.

— Et il en est déjà six. Ne mentez pas, avouez
que vous vous êtes laissé tenter par un bon
dîner et une compagnie agréable. C'était très, très
gai, n'est-ce pas?

— Je vous donne ma parole d'honneur que je
n'ai pas mis les pieds chez mon oncle, s'excusa-t-il
avec chaleur. Aurais-je pu arriver à cette heure,
sans cela?

— Vous croyez donc qu'il est trop tôt? Vous auriez voulu n'arriver que dans deux heures?

Et Nadinka, pirouettant prestement sur ses talons, s'élança dans le sentier qui menait à la villa. Alexandre la suivit.

— N'approchez pas, n'approchez pas! disait-elle en faisant signe de la main. Je ne peux pas vous voir.

— Assez d'enfantillage, Nadedja Alexandrovna.

— Je ne ris pas. Dites-moi, où êtes-vous resté jusqu'à cette heure?

— A quatre heures, j'ai quitté le ministère, répondit Alexandre; une heure pour le voyage...

— Mais cela ne fait que cinq heures, et il en est six. L'autre heure, où l'avez-vous passée? Vous voyez, quel mensonge!

— J'ai dîné au restaurant, à la hâte.

— A la hâte, rien qu'une heure entière! Pauvre ami. Vous avez encore faim, n'est-ce pas? Un peu de lait, dites?

— Oh! oui, donnez, donnez-moi cette tasse s'écria Alexandre en avançant la main.

Mais elle s'arrêta, et renversa la tasse; puis, sans s'inquiéter d'Alexandre, elle regarda tomber sur le sable les dernières gouttes de lait.

— Vous êtes sans pitié, dit-il. Comment pouvez-vous me tourmenter de la sorte?

— Regardez donc, Alexandre Fredoritch, interrompit Nadinka, tout entière à sa curiosité.

Voyons si je noierai, avec cette goutte, ce petit insecte qui se traîne dans le sentier. Ah! je l'ai noyé ! La pauvre bête ! Elle va mourir !

Elle cueillit l'insecte avec mille précautions, le mit dans sa main, et doucement souffla sur lui.

— Comme vous vous intéressez à une bestiole! dit Alexandre d'un air quasi fâché.

— Pauvre petite bête ! sûrement, elle va mourir! dit tristement Nadinka. Qu'ai-je fait là?

Elle tint un moment l'insecte dans sa main : mais lorsqu'elle le vit s'agiter, marcher çà et là, elle poussa un cri, le rejeta bien vite à terre et l'écrasa du pied en disant :

— Oh! la vilaine bête!... Eh bien! où êtes-vous allé ce soir? demanda-t-elle.

— Je vous l'ai dit.

— Ah ! chez votre oncle. Étiez-vous nombreux ? Avez-vous bu du champagne? Oui, je le sens d'ici.

— Non, non, je ne suis pas allé chez mon oncle, dit Alexandre avec une impatience nuancée de désespoir. Qui vous a dit...

— Vous, c'est vous qui l'avez dit.

— On vient à peine de se mettre à table chez lui. Vous ne savez pas ce que sont ces dîners. Croyez-vous qu'ils s'achèvent en une heure?

— C'est pourquoi vous y êtes resté deux heures.

— Et le temps de venir ? Je n'ai pu arriver en cinq minutes.

Elle ne répondit pas : elle bondit, arracha une branche d'acacia et reprit sa course dans le sentier. Alexandre la poursuivit.

— Où allez-vous donc? fit-il.

— Où? Belle question! Mais je vais retrouver maman.

— Pourquoi si vite? Nous allons l'inquiéter, bien sûr.

— Non, ça ne fait rien.

Maria Mikaïlovna, la mère de Nadinka, était une de ces femmes bonnes, mais faibles, qui trouvent tout pour le mieux chez leurs enfants. Par exemple, elle donnait l'ordre d'atteler la calèche.

— Pourquoi donc, maman ! demandait Nadinka.

— Pour aller faire un tour de promenade ; le temps est si beau !

— Un tour de promenade ! Est-ce possible ? Alexandre Fédoritch doit venir nous voir.

Et l'on dételait.

Une autre fois, Maria Mikaïlovna était assise devant l'écharpe qu'elle brodait sans la finir jamais. Elle soupirait, prisait coup sur coup ; les aiguilles d'ivoire couraient agiles. Ou bien elle était perdue dans la lecture d'un roman français.

— Maman, maman, pourquoi ne vous habillez-vous pas ? demandait Nadinka d'un ton sévère.

— Pourquoi m'habiller ?

— Pour aller nous promener.

— Nous promener ?

— Oui. Alexandre viendra nous prendre. L'avez-vous oublié ?

— Je n'en savais rien.

— Comment ! vous n'en saviez rien ! répondait Nadinka toute fàchée.

Et la mère, laissant là son écharpe ou son roman, allait s'habiller.

C'est ainsi que Nadinka jouissait d'une entière liberté, maîtresse absolue d'elle-même et de sa mère. Elle se montrait, du reste, fille tendre et dévouée, incontestablement ; obéissante même, mais parce que sa mère ne lui ordonnait que ce qui lui plaisait à elle-même.

— Allez saluer maman, dit-elle à Alexandre, quand ils furent à l'entrée du salon.

— Et vous ?

— J'irai tout à l'heure.

— Moi aussi, j'irai tout à l'heure.

— Vous, allez-y tout de suite.

Alexandre fit quelques pas, mais revint aussitôt.

— Elle est endormie dans son fauteuil, dit-il à voix basse.

— Çà ne fait rien, venez. Maman ! Maman !

— Ah !

— Alexandre Fédoritch est là.

. — Ah !

— Monsieur Adouiev désire vous voir.

— Ah !

— Vous voyez comme elle dort ; ne la réveillons pas, dit le jeune homme.

— Non, je veux la réveiller. Maman !

— Ah !

— Réveillez-vous donc ! Alexandre Fedoritch est ici.

— Où donc est-il ? fit Maria Mikhaïlovna en le regardant et en relevant son bonnet qui lui avait glissé sur la tempe... Ah ! vous voilà, Alexandre Fédoritch. C'est bien gentil à vous. Moi, imaginez-vous, je m'étais assise là, et je m'étais assoupie sans savoir moi-même comment. C'est le temps, sans doute. Mon cor me fait souffrir ; bien sûr il pleuvra. Je m'endors, et voilà, me semble-t-il, qu'Ignaty m'annonce des visiteurs ; mais je n'ai pas compris qui c'était. Je l'entends me dire qu'ils sont là ; mais qui ? C'est ce que j'ignorais. Et tout à coup Nadinka m'appelle. Je me suis aussitôt réveillée, j'ai le sommeil si léger ! Au moindre mouvement dans la chambre, je rouvre aussitôt les yeux... Asseyez-vous donc, Alexandre Fedoritch. Comment vous portez-vous ?

— Très bien, je vous remercie.

— Petr Ivanitch va-t-il bien ?

— Oui, Dieu merci.

— Pourquoi ne vient-il jamais nous voir ? J'y songeais hier encore. S'il venait au moins une fois ! me disais-je. Mais non. Il doit être très absorbé ?

— Très absorbé ! répartit Alexandre.

— Vous aussi, voilà deux jours qu'on ne vous voit. Ce matin, en m'éveillant, je demande : « Et Nadinka? » — « Elle dort encore, » me dit-on. — « Bien, qu'elle dorme ! » dis-je. Elle est tout le jour au grand air, dans le jardin. Il fait si beau ! Elle doit être lasse. On dort bien à son âge. C'est tout autre chose au mien. On devient si réfractaire au sommeil, si vous saviez ! C'en est désolant, parfois. Ce sont les nerfs, ou quoi ?... Enfin, je ne sais. On m'apporte le café, parce que j'ai l'habitude de prendre du café au lait dans mon lit. Tout en buvant, je réfléchis. « Comment se fait-il qu'Alexandre Fedoritch ne vienne pas? Serait-il malade? » Puis je me lève, je jette les yeux sur la pendule : onze heures. J'appelle ; nul ne vient. Je m'approche de Nadinka ; elle dort toujours. « Il se fait temps, lui dis-je, ma petite fille ; il est bientôt midi. Que t'arrive-t-il ? » C'est que je l'accompagne toute la journée, comme une nourrice. J'ai renvoyé exprès la gouvernante, pour ne pas la confier à des étrangers et la soigner moi-même. Reposez-vous sur les étrangers, et Dieu sait ce qu'ils feront ! C'est moi seule qui me suis chargée de son éducation. J'ai veillé sur elle avec un soin jaloux, sans jamais la laisser s'éloigner d'un pas ; et je peux dire que Nadia

sait le reconnaître. Ce n'est pas elle qui me
cacherait jamais une pensée. Je la connais à fond...
Le cuisinier est venu, nous avons causé près
d'une heure. Ensuite j'ai lu quelques pages des
Mémoires du diable. Quel charmant écrivain, ce
Soulié! Comme il décrit bien! Ensuite est arrivée
notre voisine, Maria Ivanovna, avec son mari. La
journée se passe sans que je m'en aperçoive. Je
regarde la pendule : quatre heures, l'heure de
dîner. Ah! pourquoi n'êtes-vous pas venu pour le
dîner? Nous avons attendu jusqu'à cinq heures.

— Jusqu'à cinq heures! s'écria Alexandre. Je
n'ai pas pu, Maria Mikhaïlovna. Mon service m'en
a empêché. Je vous en supplie, ne m'attendez
jamais, jamais après quatre heures.

— C'est ce que je disais; mais Nadinka : « Non,
attendons, attendons. »

— Moi! Oh! maman! que dites-vous là? C'est
moi qui vous disais : « Allons, maman, il est
temps, il est temps de dîner. » Et vous m'avez
répondu : « Non, attendons; Alexandre Fedoritch
n'a pas paru depuis quelque temps; il va sans doute
venir dîner avec nous. »

— Voyez-vous, voyez-vous ? dit Maria Mikhaïlovna en branlant la tête. Ah! l'impudente ! Elle
me prête ses propres paroles !

Nadinka pirouetta, se dirigea vers ses fleurs
et se mit à agacer le perroquet.

— Oui, vraiment.. Je lui disais : « Comment

peux-tu penser qu'il vienne, Alexandre Fedoritch?
Il est déjà quatre heures et demie. » Mais elle :
« Non maman, attendons encore un peu. Il va être
là. » Je regarde : cinq heures moins un quart.
« Tu as tort, dis-je, Nadinka. Alexandre Fedoritch
est invité en ville, pour sûr; il ne viendra pas. »
J'avais faim. Mais elle : « Non, attendons cinq
heures. » Voilà comment elle m'a affamée. N'est-ce
point là la vérité ?

— Perroquet, perroquet, où as-tu dîné ce soir?
Chez ton oncle !

Ces mots sortaient de derrière les fleurs.

— Comment! elle se cache, dit la mère. Tu as
honte, que tu redoutes de paraître devant le
monde de Dieu !

— Honte ! Pas du tout, répondit Nadinka en
s'éloignant des fleurs.

Elle alla s'asseoir près de la fenêtre.

— Malgré tout, elle n'a pas voulu s'asseoir à table,
reprit la mère. Elle s'est fait servir une tasse de lait
qu'elle a emportée au jardin; elle n'a pas dîné. Osez
donc me regarder fixement, ma petite !

Alexandre défaillait d'extase à ce récit. Il jeta les
yeux sur Nadinka, mais elle lui tournait le dos,
et paraissait tout occupée à déchiqueter une feuille
de lierre.

— Nadejda Alexandrovna ! dit-il. Aurais-je vraiment ce bonheur, que vous ayez pensé à moi?

— Ne vous approchez pas ! s'écria-t-elle, dépitée

de voir ses ruses pénétrées. Maman se joue de vous, et vous ne demandez qu'à la croire.

— Et les fraises que tu as apprêtées pour Alexandre Fedoritch, où sont-elles ? interrogea la mère.

— Les fraises ?

— Oui, les fraises !

— Vous les avez mangées à dîner , répliqua Nadinka.

— Moi? Rappelle-toi, ma petite; tu les as mises de côté, tu ne m'en as pas donné. « Voilà, a-t-elle dit, Alexandre Fedoritch doit venir; alors je vous en donnerai! »

Alexandre regarda de nouveau Nadinka avec un sourire de tendresse. Elle était devenue rouge.

— C'est elle qui a voulu les cueillir et les éplucher, poursuivit la mère.

— Qu'est-ce que vous me contez là, maman? J'en ai épluché deux ou trois, que j'ai mangées moi-même. Les autres, c'est la servante.

— Ne la croyez pas, ne la croyez pas, Alexandre Fedoritch! La servante est, depuis ce matin, à la ville pour des commissions. Pourquoi toutes ces feintes ? Bien sûr, Alexandre Fedoritch est bien plus ravi de savoir que c'est toi qui les as épluchées, et non Wassilissa.

Nadinka sourit; elle disparut de nouveau derrière les fleurs, et revint avec une assiette pleine de fraises. Puis elle tendit au jeune homme la main qui portait l'assiette. Alexandre baisa la main et prit l'assiette de l'air dont il eût pris un bâton de maréchal.

— Vous ne le méritez vraiment pas. Nous faire attendre si longtemps pour le dîner ! dit Nadinka. J'ai passé au moins deux heures à la grille. Quelqu'un s'approchait ; vous bien sûr ; j'agitais mon mouchoir, et c'était un inconnu, un militaire ; et lui aussi, l'insolent, il agitait son mouchoir !

Dans la soirée il survint des visiteurs. Puis ils repartirent. La nuit était venue. Les Lioubetski se retrouvèrent seules avec Adouiev dans le salon. Le trio lui-même ne tarda pas à se disjoindre. Nadinka s'en fut au jardin, laissant ensemble, — duo dépareillé, — Maria Mikhaïlovna et Alexandre. Longtemps la barinia l'ennuya avec le récit de ses faits et gestes de la veille, de ses projets du lendemain. Une inquiète tristesse envahissait le jeune homme ; une lassitude le prenait. Il se faisait tard, et il n'avait pas encore dit un seul mot à Nadinka en tête à tête. Il fut délivré enfin par un cuisinier charitable qui vint demander des instructions pour le souper. Alexandre bouillait d'impatience, le cœur lui battait plus fortement encore que tantôt, dans la barque. A peine Maria Mikhaïlovna se fut-elle mise à parler de côtelettes et de prostokvacha [1], qu'Adouiev prépara une habile sortie.

Mais que de marches et de contremarches pour s'écarter du fauteuil de Maria Mikhaï-lovna ! Il alla d'abord à la fenêtre, regarder dans la cour ; mais ses pieds l'entraînaient vers la porte du jardin, grande ouverte. Alors, par une série de mouvements lents, coupés parfois d'un saut brusque, il gagna le piano, tapota quelques touches au hasard sur le clavier. Puis, d'un geste fébrile, il saisit sur le pupitre un cahier de mu-sique, le regarda sans voir et le remit en place. Il poussa la patience jusqu'à flairer, en y fourrant le nez, deux ou trois fleurs, et à réveiller le perro-quet. Mais il était à bout. La porte était à portée de sa main ; seulement, il eût été inconvenant de se sauver. Il fallait attendre un moment encore, et puis sortir sans avoir l'air de rien. Et le cui-sinier qui s'apprêtait à se retirer ! Encore deux mots, et il allait sortir ; et alors, c'était trop certain, la barinia se retournerait vers Alexandre. Il ne put y tenir davantage. Il se glissa comme un serpent hors du salon, se précipita au bas du perron, et, en quelques sauts, se trouva près de l'eau, au bout du sentier, tout proche de Nadinka.

— Vous vous êtes enfin souvenu de moi, lui dit-elle.

[1] Lait caillé.

Elle parlait, maintenant, sur un ton sérieux de
reproche.

— Quelle torture! répliqua Alexandre. Et vous
ne veniez pas me délivrer!

Nadinka lui montra un livre.

— J'allais vous appeler avec ceci, lorsque vous
êtes arrivé. Maintenant, asseyez-vous. Maman
ne viendra plus maintenant, elle redoute trop
l'humidité. J'ai tant de choses à vous confier.
Ah!...

— Moi aussi, tant de choses! Ah!...

Et ils ne se disaient rien ou presque rien ; des
choses quelconques qu'ils s'étaient déjà répétées
dix fois, les objets habituels de leurs rêveries, le
ciel, les astres, l'affinité, le bonheur. Ils s'entre-
tenaient plutôt dans le langage des regards, des
sourires et des interjections. Le livre gisait à
terre.

La nuit était venue. Non, quelle nuit? Y a-t-il
des nuits à Pétersbourg, l'été ? Il faudrait créer
un autre nom. C'est une demi-lumière délicieuse.
Tout se tait aux alentours. La Néva dort; par moments, comme éveillée, elle bat doucement la
rive d'une vague ; et tout retombe dans le silence.
Puis une légère brise on ne sait d'où venue passe
sur les eaux endormies d'un sommeil qu'elle ne
troublera pas. Elle ne fera qu'en effleurer la surface et apporter quelque fraîcheur aux deux
amoureux avec l'écho d'une chanson lointaine.

Et soudain tout se calme, et la Néva reprend son immobilité, comme un homme endormi ouvre les yeux au moindre bruit, pour les refermer bientôt plus étroitement.

Puis c'est, du côté du pont, comme un bruit lointain de tonnerre, l'aboiement d'un chien qui s'éveille dans la maison voisine, et, de nouveau, le silence. Les arbres s'assombrissent en voûte ; doucement, sans bruit, leurs feuilles remuent. Et les croisées des villas environnantes s'éclairent de lueurs pâles.

Alors un souffle étrange s'élève dans l'air tiède ; un mystère erre sur les fleurs, les arbres, le gazon, et verse d'ineffables caresses dans l'âme, où surgissent des pensées et des sentiments tout autres que pendant le jour et la vie affairée. Et c'est une invitation à l'amour, que ce sommeil de la nature, cette ombre, l'immobilité des arbres, l'arome des fleurs, et cette solitude parfumée. L'esprit s'ouvre aux rêveries, le cœur à ces exquises tendresses qui, dans la vie courante, semblent inutiles et déplacées comme de ridicules exceptions. Inutiles, oui ; cependant, en des moments pareils, l'âme perçoit nettement leur charme, elle trouve là un bonheur qu'elle va cherchant ailleurs, si éperdûment, mais si vainement !

Alexandre et Nadinka, s'approchant du bord, s'appuyèrent à la grille. Nadinka, toute pensive, regardait le fleuve, dans le lointain ; Alexandre, lui, regardait Nadinka. Leurs âmes débordaient d'extase et de mélancolie, et leurs bouches se taisaient.

Doucement il lui enlaça la taille. Elle écarta sa main d'un léger mouvement du coude. Il l'enlaça de nouveau, et elle résista plus mollement, les yeux toujours fixés sur les eaux de la Néva. Et, à la troisième étreinte, elle ne le repoussa plus.

Il lui saisit la main, qu'elle ne retira point. Il la pressa, cette main ; et elle se laissait enlacer. Ils restèrent ainsi ; que sentaient-ils ?

— Nadinka ! murmura-t-il doucement.

Elle ne répondit pas.

Alors le jeune homme, dont le cœur ne battait plus, se pencha sur la jeune fille. Elle perçut une haleine chaude sur sa joue, frissonna et se détourna ; mais elle ne se déroba point dans une noble indignation, elle ne cria point ; elle n'avait plus l'énergie de feindre ni de se sauver. Ce souffle d'amour la tenait muette ; et lorsque Alexandre posa ses lèvres sur les lèvres de la jeune fille, elle lui rendit son baiser, faiblement.

(Quelle inconvenance ! diront les mamans.)

— Oh ! comme il est donné à l'homme d'être heureux ! songeait Alexandre.

De nouveau il se pencha vers ces lèvres adorées, et y oublia ses lèvres, quelques instants.

Elle était immobile et toute pâle ; une larme tremblait au bord de ses cils ; sa poitrine se soulevait en mouvements tumultueux.

— On dirait un rêve, murmura Alexandre.

Brusquement Nadinka eut comme une secousse ; la conscience lui revenait.

— Qu'est-ce que cela signifie ? Vous vous êtes oublié ! dit-elle vivement.

Elle s'enfuit à quelques pas.

— Je vais le dire à maman !

Alexandre tombait du ciel.

— Nadejda Alexandrovna, n'empoisonnez pas mon bonheur par vos reproches... ne faites point comme ces...

Elle le regardait ; soudain, elle partit d'un bel éclat de rire sonore, et revint se mettre tout près de lui, abandonnant, dans une attitude confiante, sa main et sa tête sur l'épaule du jeune homme.

— Vous m'aimez donc beaucoup ? demanda-t-elle, en essuyant un pleur qui coulait le long de sa joue.

Alexandre étendit les bras d'un geste véhément ; son visage prit « sa plus sotte expression, » comme eût dit Petr Ivanovitch ; mais, par delà cette « sotte expression, » un bonheur profond éclatait.

Ils se remirent à contempler l'eau, le ciel, le lointain, comme si rien ne se fût passé entre eux, craignant seulement de se regarder l'un l'autre.

Mais ils finirent par se regarder; ils se sourirent, et de nouveau se détournèrent l'un de l'autre.

— La douleur existe-t-elle de par le monde? dit Nadinka après un silence.

— On le dit, répartit Alexandre pensif. Moi, je ne le crois pas.

— Quelle douleur serait-ce ?

— Mais, au dire de mon oncle, la pauvreté...

— La pauvreté ? Les pauvres n'éprouvent-ils donc point ce que nous éprouvons à cette heure? Et, s'ils l'éprouvent, comment seraient-ils malheureux ?

— Mon oncle prétend qu'ils n'ont pas le loisir de songer à cela, qu'ils ont à gagner de quoi manger et boire.

— Manger, oh! Il ment, votre oncle ; ce n'est point cela qui fait le bonheur. Moi qui n'ai pas dîné aujourd'hui, voyez comme je suis heureuse!

Il se mit à rire.

— Pour un pareil instant, j'abandonnerais de grand cœur aux pauvres tout ce que je possède, poursuivait Nadinka. Qu'ils accourent, les pauvres! Oh! que ne puis-je donner à tous une part de mon bonheur?

— Ange ! cher ange ! s'écria Alexandre avec transport, en lui pressant la main.

— Oh ! vous me faites mal! fit soudain Nadinka, fronçant les sourcils et retirant sa main.

Mais il la lui reprit et la couvrit de baisers pas-
sionnés.

— Comme je vais prier Dieu, le remercier de
ces moments, aujourd'hui, demain, toujours ! Que
je suis heureuse ! Et vous ?

Elle se prit à songer. Une crainte soudaine
éclata dans ses yeux.

— Savez-vous quoi? dit-elle. On dit que ce qui
arrive une fois ne se recommence jamais plus.
Peut-être que cette minute ne se recommencera
plus jamais !

— Mensonge ! répliqua Alexandre; cette minute
se renouvellera ; nous goûterons encore bien des
minutes heureuses, j'en ai la conviction.

Elle secoua la tête d'un air d'incrédulité. Et
comme tout à coup les leçons de son oncle lui
revenaient à l'esprit, il se prit aussi à songer.

— Non ! se disait-il, non , c'est impossible !
Jamais mon oncle n'a goûté un pareil bonheur, et
c'est pourquoi il se montre si sévère, si méfiant à
l'égard des hommes. Le pauvre ! J'ai pitié de son
cœur glacé et dur. Il ignore les extases de l'amour,
et c'est par la faute de ses théories bilieuses sur
la vie. Dieu lui pardonnera. S'il pouvait voir ma
béatitude, il ne l'étoufferait plus de la main, il ne
l'empoisonnerait plus d'un vil soupçon. Que je le
plains !

... Non, non, Nadinka, fit-il à haute voix,
nous serons heureux. Jette les yeux autour de

nous : ne vois-tu point que tout s'égaie de notre amour? Dieu lui-même le bénit. Que nous vivrons joyeux, la main dans la main ! Quel orgueil nous puiserons dans ce mutuel amour !

— Taisez-vous, ne parlez plus ainsi, dit-elle. Ne formez point de si beaux rêves : une peur s'élève en moi, rien qu'à vous entendre. Déjà, maintenant, je me sens triste.

— Pourquoi cette peur? Ne peut-on pas avoir foi en soi-même ?

— Non, non, on ne le peut pas, dit-elle en secouant la tête.

Il la contemplait, tout pensif.

— Pourquoi? reprit-il. Qu'est-ce donc qui détruirait ce monde radieux de notre joie? Qui donc peut quelque chose contre nous? Nous demeurerons toujours les mêmes ; nous vivrons à l'écart des hommes : quel lien commun nous unirait à eux? quel pouvoir ont-ils sur nous ? Nous nous ferons oublier d'eux, ils ne songeront plus à nous inquiéter; et nous ignorerons toute misère, toute tristesse. Toujours nous serons comme nous sommes à cette heure; aucun bruit ne viendra jamais troubler ce solennel silence.

— Nadinka ! Alexandre Fedoritch ! retentit subitement une voix, vers le perron. Où êtes-vous?

— Entendez-vous? dit Nadinka d'un ton grave; c'est l'avertissement du destin; une minute pareille, j'en ai le pressentiment, ne reviendra plus jamais.

Elle lui saisit la main, à son tour, et la pressa.
Elle l'enveloppa d'un regard étrangement triste et
s'élança vivement dans le sentier.

Alexandre, resté seul, songeait.

— Alexandre Fedoritch! retentit de nouveau
la voix. Le prostokvacha est servi depuis longtemps.

Il eut un haussement d'épaules et se dirigea
vers la maison.

— Après une minute d'indicible extase, le prostokvacha, sans transition! dit-il à Nadinka en rentrant. Est-ce toujours ainsi, la vie?

— Pourvu que ce ne soit pas pire! répliqua-
t-elle gaiement. Le prostokvacha est, d'ailleurs, une
chose exquise, surtout quand on n'a pas dîné.

Le bonheur les avait transfigurés. Nadinka
avait les joues roses, les yeux brillants d'une
flamme inaccoutumée. Comme elle vaquait soi-
gneusement au ménage! quel entrain dans sa
causerie! Nul vestige de sa passagère tristesse :
la joie avait tout dissipé.

Déjà l'aube éclairait la moitié du ciel, lorsqu'Alexandre s'assit de nouveau dans la barque.
Les rameurs, stimulés par l'appât de la récompense promise, avaient craché dans leurs mains;
ils recommençaient à se trémousser sur leur banc
et à ramer de toutes leurs forces.

— Plus lentement, fit Alexandre, et vous aurez
un autre demi-rouble de pourboire.

Ils le regardèrent, puis se regardèrent. L'un gratta sa poitrine, l'autre son dos. A peine remuaient-ils l'aviron, à peine touchaient-ils l'eau. La barque voguait comme un cygne.

— Et mon oncle voulait me convaincre que le bonheur est une chimère, que l'on n'est sûr de rien sans des garanties dûment délibérées ! Quelle méchanceté ! Pourquoi donc voulait-il me tromper si cruellement ? Non ! la vie, la voilà ! La voilà telle que je l'imaginais, telle qu'elle devait être, telle qu'elle est et qu'elle sera. Hors de là, nulle vie !

Une brise fraîche et matinale se leva légèrement du nord. A cette brise, à ses souvenirs, Alexandre eut un frisson. Puis il bâilla, s'enveloppa entièrement dans son manteau et s'abîma dans sa rêverie.

CHAPITRE V

Le bonheur d'Adouiev touchait à son apogée. Il ne lui restait plus rien à désirer. Le service, le souci de son journal, il oubliait, délaissait tout; un autre avait eu de l'avancement à sa place : il s'en aperçut à peine, et encore sur la remarque que lui en fit son oncle. Petr Ivanovitch le pressait de renoncer à ces « bêtises »; mais ce mot de « bêtises » lui fit hausser les épaules de pitié : il souriait sans répondre un mot... Voyant la vanité de ses observations, l'oncle, lui aussi, levait les épaules, souriait avec pitié et se taisait, non sans lui avoir glissé son :

— Comme tu voudras ; cela te regarde ; mais garde-toi de venir jamais me demander du « métal méprisable ».

— N'ayez peur, petit oncle, répliquait Alexandre. On ne vit pas à l'aise avec peu d'argent ; mais il ne m'en faut guère ; ce que j'ai me suffit.

— Alors, je t'en félicite, concluait Petr Ivanovitch.

Visiblement, Alexandre l'évitait. Les terribles prédictions de son oncle ne l'épouvantaient plus ; il redoutait seulement ses vues glacées sur l'amour en général, et ses réflexions offensantes sur ses relations avec Nadinka en particulier.

Il lui était pénible de l'entendre analyser son amour pour le rabaisser au niveau de la loi commune, et profaner ainsi cette chose haute à ses yeux et sainte entre toutes. Il dissimulait son ravissement, et ses rêves de bonheur rose, sentant bien que l'analyse de son oncle réduirait en un clin d'œil toutes les roses en poussière.

Et Petr Ivanovitch l'évitait de son côté, en se disant :

— Le petit va verser dans l'oisiveté, s'embarrasser de dettes, me demander de l'argent et me retomber sur les bras.

Dans sa démarche, ses regards, dans toutes ses allures, Alexandre offrait quelque chose d'enthousiaste, de mystérieux. Il en usait avec autrui comme un riche boursier avec les petits marchands, il se montrait affable et grave. « Que vous êtes à plaindre ! pensait-il. Qui de vous possède un trésor comme le mien ? qui sent comme je sens ? qui donc a une âme aussi noble ? » et le reste.

Il était convaincu que lui seul aimait, que lui seul était aimé à ce point. Du reste, il évitait non

seulement son oncle, mais aussi, comme il le disait,
« *la foule* ». Il vivait prosterné devant son idole, ou
chez lui, dans sa chambre, tout seul, à savourer
sa béatitude, qu'il analysait en parcelles infinitési-
males. Il appelait cela « *se créer une autre sphère* » ;
dans sa solitude, il s'était, avec rien, façonné un
monde où il vivait beaucoup plus que dans le
monde réel. A son bureau, il allait rarement et à
contre-cœur : c'était pour lui l'*amère nécessité*, le
mal nécessaire, la *triste prose*. Il ne voyait jamais
ni son rédacteur en chef, ni ses autres connais-
sances.

Rester en tête à tête avec son *moi* était pour
lui le souverain bien. « Seul avec soi, écrivait-il
dans une nouvelle, l'homme se voit comme en un
miroir. Alors seulement il prend foi dans la grandeur, dans la dignité humaines. Comme il devient
meilleur dans cette communion avec les forces
vives de son âme! Ainsi qu'un chef, sévèrement,
il les passe en revue ; il les dispose dans un ordre
mûrement délibéré; il vole à leur tête, il agit, il vit.
Et combien, au contraire, il faut plaindre l'homme
qui ne sait pas être seul, qui redoute d'être seul ;
l'homme qui se fuit soi-même et recherche partout la société d'esprits et d'âmes étrangères! »

Ne dirait-on pas d'un penseur découvrant une
loi nouvelle de la création de l'univers ou de
l'existence humaine? Et ce n'est rien qu'un amoureux.

Voyez-le, assis dans un fauteuil Voltaire. Devant
lui, une feuille de papier où des vers sont jetés. Tantôt
il se courbe sur le papier, corrige quelque chose,
ajoute deux ou trois vers ; tantôt, se renversant
dans le fauteuil, il rêve. Sur sa bouche voltige un
sourire qu'il vient évidemment de puiser à la
coupe pleine du bonheur. Ses yeux s'enténèbrent,
comme les yeux d'un chat qui sommeille, ou s'il-
luminent soudain à la flamme d'une passion intérieure.

Autour de lui, c'est le silence. Seulement, de
la rue, arrive le bruit lointain des équipages ; ou
bien c'est Evsiei qui, las de brosser une botte,
songe tout haut :

— Comment ne rien oublier ? Tantôt je suis
allé chercher dans la petite boutique pour un
kopek de vinaigre et pour une *grivna* [1] de choux.
Demain, il faudra payer, sinon le marchand, une
autre fois, ne fera plus crédit. Il est si ladre ! Le
pain se vend à la livre, comme en temps de
famine. Quelle honte ! Mon Dieu ! que je suis
las ! Je finis cette botte et je me coucherai. A
Gratchy, tout le monde est au lit depuis longtemps. Ce n'est point comme ici. Quand donc le
Seigneur me donnera-t-il de revoir...

Il poussa un bruyant soupir, souffla sur la botte
et se remit à cirer. Ce travail était pour lui la

[1] Monnaie de dix kopeks

principale, presque l'unique obligation. C'était
d'après son aptitude à cirer des bottes qu'il jau-
geait en général la valeur d'un domestique, et
même de tout homme. Lui cirait avec une ardeur
passionnée.

— Assez, Evsiei, tu me déranges, tu m'em-
pêches de travailler, avec tes bêtises, s'écriait
Alouiev.

— Des bêtises ! grommelait Evsiei, quelles
bêtises ? Des bêtises, c'est ce que tu fais ; moi, je
travaille. Les as-tu assez crottées, tes bottes !
J'ai mille peines à les nettoyer.

Il posa la botte sur la table et se mira avec
complaisance dans le cuir luisant.

— Vois donc ! En connais-tu beaucoup qui
cirent de la sorte ? ajouta-t-il. Des bêtises !

Alexandre s'abîmait de plus en plus dans sa
rêverie, pensait à Nadinka, puis se remettait à
son poème. Sur sa table, rien. Tout ce qui lui rappelait ses anciennes occupations, son bureau, sa
besogne du journal, il avait tout fourré sous la
table, ou dans l'armoire, ou sous le lit. Un simple
regard sur cette *botte*, disait-il, effarouche la
pensée qui crée ; elle s'envole comme un rossi-
gnol s'envole du bocage au moindre bruit subit,
au grincement des roues mal graissées sur le
chemin.

Souvent l'aube le surprenait au milieu d'une élé-
gie ; car il consacrait à la *création* tous les moments

qu'il ne passait point chez les Lioubetski. Il écrivait un poème et le lisait à Nadinka, qui le repor-
tait sur un beau papier et l'apprenait par cœur.
Et ainsi il goûtait « *le plus haut délice du poète,*
« *entendre ses fictions sur les lèvres adorées.* »

— C'est toi ma muse, lui répétait-il. Sois la ves-
tale du feu sacré qui brûle dans ma poitrine. Si
tu l'abandonnais, il s'éteindrait à tout jamais.

Il envoyait ses vers, signés d'un pseudonyme, à
différents journaux ; on les publiait, car ils étaient
bien venus, quelquefois énergiques, toujours
imprégnés d'un chaud sentiment personnel, toujours purement écrits.

Nadinka, fière de son amoureux, l'appelait
« mon poète. »

— Oui, tien, tien à jamais ! disait-il.

Et il tombait dans une songerie.

— Jadis me souriaient la gloire et ses couronnes,
pensait-il ; et maintenant Nadinka me tresse des
couronnes, maintenant elle entrelace le myrte au
laurier...et alors... Oh ! vie, que tu es belle, ô vie !
exultait-il. Pourquoi mon oncle effarouche-t-il le
monde de mon âme ? N'est-il qu'un démon sus-
cité par ma destinée ? Pourquoi corrompre de son
fiel toutes mes félicités ! Est-ce jalousie, parce
qu'il ignore, lui, ces pures délices ? Est-ce désir
de me nuire ? Oh ! loin de moi, qu'il reste bien
loin de moi ! Il empoisonnerait de sa haine, il
tuerait mon âme tendre !

Et il fuyait son oncle, passait des semaines, des
mois entiers sans le voir. Quand ils se rencon-
traient, si la conversation tombait sur les choses
du cœur, il se taisait, avec un sourire d'ironie,
et laissait dire, en homme dont les convictions
sont inexpugnables aux arguments contraires. Ses
sentiments, comme ses opinions, il les tenait pour
infaillibles, et il résolut de se laisser guider, uni
quement, aveuglément par ceux-ci, en se répétant
qu'il n'était plus un enfant. « Et pourquoi les
jugements d'autrui devraient-ils seuls être sacrés !... »

Cependant Petr Ivanovitch était toujours le même
homme. Il ne questionnait jamais Alexandre ; il
ne remarquait pas ses façons d'agir, ou ne voulait point les remarquer. En voyant que rien
n'était modifié dans la situation de son neveu,
qu'il continuait son ancien train de vie, sans
jamais lui demander d'argent, il l'accueillait avec
la même bonne grâce ; même il lui reprochait
parfois, amicalement, la rareté de ses visites.

— Ma femme est fâchée contre toi, disait-il. Elle
a pris l'habitude de te considérer comme faisant
partie de la famille. Nous dinons toujours à la
maison. Viens donc.

Et c'était tout.

Mais Alexandre paraissait rarement ; il était
trop occupé. Le matin,... au bureau ; après
diner, jusqu'à la nuit... chez les Lioubetski. Et la

nuit, il s'enfermait dans son *monde* isolé, et continuait à créer. Et puis, ne fallait-il pas aussi dormir quelques heures?

Dans la prose, il réussissait moins. Il écrivit une comédie, deux nouvelles et des impressions de voyage. Son activité était dévorante : le papier brûlait sous sa plume. Il commença par montrer à son oncle, en lui demandant son avis, la comédie et l'une des deux nouvelles. Petr Ivanovitch en parcourut quelques pages et lui renvoya les manuscrits, avec cette mention : « Bon pour faire un paravent. »

Alexandre se fâcha. Il envoya les deux manuscrits au journal; mais ils lui furent retournés. A deux passages seulement de la comédie on avait mis au crayon : *Pas mal*. Et c'était tout. La nouvelle portait force annotations de ce genre : *Faible, faux, insuffisamment mûri, insignifiant...* et on avait écrit à la fin : « En général, ignorance complète du cœur, chaleur factice, intempestive; tout est guindé sur des échasses; nulle part n'apparaît l'homme... Le héros est un monstre... de tels personnages n'existent pas... Impossible de publier. Du reste, l'auteur ne semble pas dépourvu d'aptitudes; mais il doit travailler. »

— De tels personnages n'existent pas ! songeait Alexandre avec amertume. Comment, n'existent pas ! Mais c'est moi-même que j'ai peint ! Qu'ai-je à prendre souci de ces banals héros qu'on rencontre à chaque pas, qui pensent et sentent comme tout le monde, qui font ce que chacun fait, ces pitoyables héros des tragi-comédies du train-train quotidien, que ne distingue aucun caractère particulier? L'art peut-il se ravaler à ce point?

Et pour étayer sa pure théorie du beau, il évoquait l'ombre de Byron, interrogeait Goëthe et Schiller. Pour lui, le héros d'un drame ou d'un roman ne pouvait être qu'un corsaire, un grand artiste, un poète. Et il forçait ses personnages à agir et à raisonner comme lui-même.

Dans l'une de ses nouvelles, il avait placé en Amérique le lieu de l'action. Le cadre était féerique, la nature américaine, les montagnes, et là, un exilé qui avait enlevé son amante. Le monde les avait oubliés; ils n'aimaient rien qu'eux-mêmes et la nature. Puis venait la nouvelle du pardon, le pays natal leur était rouvert. Mais ils refusaient. Environ vingt ans après, un Européen arrivait là; guidé par des Indiens dans une chasse, il découvrait une montagne, une hutte, et, dans la hutte, un squelette. L'Européen était le propre rival du héros.

Que cette nouvelle lui avait semblé belle! Avec quel ravissement il l'avait lue à Nadinka, dans les soirées d'hiver! Comme elle partageait ses trans-ports... Et c'était cette nouvelle qu'on refusait!

Il se garda bien de faire part à Nadinka de cet

échec; il dévora l'avanie en silence et n'en souffla
mot.

— Eh bien ! et la nouvelle ! demandait-elle,
l'a-t-on publiée?

— Non, répondait-il. Impossible. Il y a là bien
des détails qu'on trouverait étranges et bizarres!

Il ne croyait pas si bien dire !

Travailler lui semblait bizarre aussi. « A quoi
sert le talent, alors? disait-il. Qu'il travaille, celui
qui en est dénué; mais le talent crée sans peine
et sans effort. » Cependant, s'étant pris à songer
que ses articles sur l'économie rurale et ses
premiers vers ne dénotaient ni talent, ni travail,
et qu'à la longue ils s'étaient insensiblement per-
fectionnés jusqu'à attirer la faveur du public, il se
mit à réfléchir, reconnut la sottise de sa théorie
et ajourna en soupirant le travail de la prose à un
autre temps, un temps où son cœur battrait plus
également, où ses pensées s'enchaineraient dans un
ordre meilleur. Il se promit de travailler alors autant
qu'il le faudrait.

Les jours suivaient les jours, doux inces-
samment pour Alexandre. Il était heureux de
baiser le bout des doigts de Nadinka; il passait
deux heures assis en face d'elle, dans une pose
extatique, les yeux attachés sur elle, soupirant,
se pâmant, ou déclamant des vers de circons-
tance.

La vérité nous oblige à révéler que, plus d'une fois, la jeune fille accueillait ces soupirs et ces vers d'un bâillement; et quoi d'étonnant? Si son cœur était occupé, son cerveau demeurait vide. Alexandre ne cherchait point à l'alimenter.

L'année d'épreuve imposée par Nadinka tirait à sa fin. Elle demeurait de nouveau, avec sa mère, dans la villa. Alexandre ne cessait de lui rappeler sa promesse, lui demandant la permission de s'en ouvrir à Maria Mikhaïlovna. Nadinka remettait la chose à leur retour en ville, mais Alexandre revenait à la charge.

Un soir, enfin, au moment des adieux, elle autorisa Alexandre à s'entretenir du mariage avec sa mère dès le lendemain.

Alexandre ne ferma pas l'œil de la nuit. Il n'alla pas à son bureau. La demande qu'il allait faire lui mettait martel en tête. Sans cesse il pensait à ce qu'il dirait à Maria Mikhaïlovna; il préparait, composait d'avance tout un discours. Mais en songeant qu'il s'agissait de la main de Nadinka, il s'égarait dans ses rêveries et oubliait tout.

Il arriva le soir à la villa sans avoir arrêté au juste ce qu'il allait dire. C'eût été d'ailleurs peine perdue. Nadinka vint, comme d'habitude, à sa rencontre, dans le verger; la réflexion projetait sur ses traits une ombre légère, et ses yeux ne souriaient point avec leur grâce accoutumée : Nadinka semblait distraite.

—Pour aujourd'hui, impossible de parler à petite maman, dit-elle ; le maudit comte est chez nous.

— Le comte ? quel comte ?

— Comment ? vous ne le savez pas ? Le comte Novinsky, notre voisin. Voici sa villa. Que de fois vous-même avez-vous admiré son jardin !

— Chez vous ? le comte Novinsky ! dit Alexandre stupéfait. D'où cela vient-il ?

— Je n'en sais rien moi-même, à parler vrai, répliqua Nadinka. J'étais assise ici, à lire votre petit livre. Maman était sortie pour aller chez Maria Ivanovna. Voilà qu'il se met à pleuvoir un peu ; je rentre dans le salon, et tout à coup arrive devant le perron une téléga, une téléga bleue capitonnée de blanc, celle qui passait toujours près de nous ; vous vous rappelez, celle que vous trouviez si jolie ! Et j'en vois sortir, savez-vous qui ? ma petite maman avec un monsieur. Ils entrent, et maman nous présente : « Le comte... Ma fille. » Il salue, je salue ; mais j'avais honte. J'ai rougi et je me suis retirée dans ma chambre. Et j'ai entendu petite maman, elle est si insupportable ! qui disait : « Veuillez l'excuser, comte ! c'est encore une sauvageonne ! » J'ai compris ainsi que ce devait être notre voisin, le comte Novinsky. Sans doute, en voyant la pluie, il aura offert à petite maman de la reconduire dans sa voiture de chez Maria Ivanovna.

— Est-il âgé ? demanda Alexandre.

— Agé? vous n'y êtes pas! C'est un jeune homme, un beau jeune homme.

— Et vous avez déjà trouvé le temps de l'examiner, de voir qu'il était beau? dit Alexandre avec dépit.

— Voilà une affaire! comme s'il fallait un long temps pour s'apercevoir de ces choses-là. Nous avons causé déjà. Il est fort aimable. Il m'a longuement interrogé sur notre façon de vivre. Nous avons parlé musique; il m'a priée de chanter un peu, mais j'ai refusé, c'est à peine si je sais. Cet hiver, je demanderai bien sûr à petite maman de me donner un bon professeur de chant. Le comte dit que le chant est très à la mode, à présent.

La jeune fille parlait avec volubilité.

— Je croyais, Nadejda Alexandrovna, objecta Adouiev, qu'en dehors du chant vous auriez assez d'autres occupations cet hiver.

— Quoi?

— Quoi! fit Alexandre avec une expression de reproche.

— Ah oui!... Êtes-vous venu en bateau?

Il la regardait sans répondre. Elle tourna le dos et rentra à la maison.

Adouiev, anxieux, l'y suivit. Qu'était-ce que ce comte? Quelle attitude observer avec lui? Était-il d'un abord fier, méprisant? Il entra. Le comte se leva aussitôt, ébaucha un salut poli, auquel Alexandre répondit par un salut gauche et contraint. La vieille barinia les présenta l'un à l'autre.

Le comte — pourquoi ? — ne lui plut pas. C'était pourtant un homme fort beau vraiment, haut, bien bâti, blond, de grands yeux pleins d'expression, un sourire affable, des manières franches et élégantes, et une incontestable distinction. Il semb ... t qu'il dût gagner chacun. Mais Alexandre ne fut pas gagné ; quoique Maria Mikhaïlovna l'eût invité à se rapprocher, il fut s'asseoir dans un coin et se mit à feuilleter un livre, ce qui n'était ni galant, ni adroit, ni convenable. Nadinka, debout derrière la chaise de sa mère, regardait curieusement le comte, écoutant ce qu'il disait et comment il le disait. Le comte n'était-il point pour elle une nouveauté?

Alexandre ne sut point dissimuler l'antipathie que le comte lui inspirait. Mais l'autre ne sembla point remarquer sa grossièreté ; il demeurait poli, et, se tournant vers Adouiev, s'efforçait de rendre la conversation générale. Il perdait bien son temps. Alexandre ou gardait le silence, ou ne répondait que par oui ou par non. Mme Lioubetskaïa, ayant par hasard, répété son nom de famille, le comte demanda s'il n'était point un parent de Petr Ivanovitch.

— Mon oncle ! répondit sèchement Alexandre.

— Je le vois souvent dans le monde, dit le comte.

— C'est possible. Quoi de surprenant? répliqua
Adouiev, en haussant les épaules.

Le comte réprima un sourire en mordant un
peu sa lèvre inférieure. Nadinka regarda sa mère,
rougit et baissa les paupières.

— Votre oncle est un homme instruit et aimable, reprit le comte sur un ton légèrement sardo-
nique.

Adouiev ne répondit pas. Nadinka n'y tint plus,
s'approcha de lui et lui dit à l'oreille, tandis que
sa mère causait avec le comte :

— Comment n'êtes-vous pas honteux ? Le comte
est avec vous d'une amabilité rare, et vous...

— Amabilité ? répéta presque tout haut Alexàn-
dre mécontent; je n'ai pas besoin de son amabilité. Ne dites plus ce mot.

Nadinka s'éloigna de lui, et, de loin, attacha un
moment sur lui ses yeux grands ouverts. Puis
elle revint se placer derrière la chaise de sa mère,
sans plus se soucier de lui.

Et Adouiev attendait sans cesse le moment où,
le comte parti, il pourrait entretenir Maria Mikhaïlovna.

Dix heures, onze heures sonnèrent; le comte
était toujours là, et toujours il causait.

Tous les sujets autour desquels pivote la conversation, au début d'une liaison, s'épuisèrent
successivement. Le comte se mit à plaisanter. Il
plaisantait finement, sans la moindre gêne, sans

prétention aucune à l'esprit ; mais avec une parfaite bonne grâce, le don d'amuser en racontant,
non pas même des anecdotes, mais les événements du jour, les actualités, et une singulière
aptitude à tourner au comique les sujets les plus
sérieux.

La mère et la fille étaient entièrement capti-
vées ; et Adouiev dut plus d'une fois dissimuler,
derrière le livre qu'il tenait à la main, un sourire
involontaire. Mais au fond il enrageait.

De tout, le comte parlait avec un charme égal ;
il émit des réflexions judicieuses sur la musique,
les arts, et les pays étrangers. La conversation
étant venue à rouler sur les hommes et sur les
femmes, il blâma les hommes et lui-même, eut
d'aimables éloges pour les femmes en général,
et pour la barinia en particulier.

Adouiev, lui, songeait à ses œuvres littéraires,
à ses poésies.

— C'est avec cela que je pourrais lui river son
clou, pensait-il.

Justement, l'entretien tomba sur la littérature.

La mère et la fille vantèrent le talent d'Alexandre.

— C'est maintenant qu'il va rester court, se
disait Adouiev.

Point du tout. Le comte parla littérature comme
s'il n'eût jamais fait que cela, eut, en courant,

d'ingénieuses observations sur les célébrités du temps, russes et françaises, laissant voir au demeurant qu'il était de longue date lié avec les premiers littérateurs russes, et qu'il avait de même connu à Paris, quelques-uns des grands écrivains de France, parlant des uns avec admiration, critiquant finement les autres.

Des poésies d'Alexandre, il dit qu'il ne les avait pas lues, qu'il n'en avait pas entendu parler.

Nadinka jeta sur Adouiev un étrange regard, comme pour lui dire : Eh ! quoi ! frère, votre nom n'est pas allé bien loin encore !

Alexandre s'intimida. Sa physionomie, jusqu'alors hautaine et revêche, prit une expression chagrine. Il ressemblait à un coq dont le plumage aurait été mouillé, et qui chercherait dans une étable un abri contre l'orage.

Sur le buffet sonnaient les verres et les cuillers; on mettait le couvert. Et le comte qui ne s'en allait pas ! Tout espoir de demeurer seul était perdu. Même, sur la prière de Mᵐᵉ Lioubetskaïa, le comte consentit à rester pour le souper, et à prendre du prostokvacha.

— Un comte qui mange du prostokvacha ! murmurait Alexandre en jetant sur lui un regard de haine.

Le comte soupa de bon appétit, non sans plaisanter et rire comme s'il eût été chez lui.

— Il est reçu pour la première fois, l'impudent, et il mange comme trois, souffla Alexandre à Nadinka.

— Quoi d'étonnant ? Il veut *manger*, répliqua-t-elle naivement.

Le comte se décida enfin à partir ; mais il était trop tard pour s'entretenir d'affaires.

Adouiev prit son chapeau et se retira. Nadinka le rejoignit et réussit à l'apaiser.

— Demain, alors? demanda-t-il.

— Demain, nous ne sommes pas à la maison.

— Après-demain, dans ce cas?

Ils se quittèrent.

Le surlendemain, Alexandre était là de bonne heure. Du verger il entendit des sons inconnus dans le salon. Un violoncelle, ou quoi?

Il s'avança. C'était la voix d'un homme qui chantait, une voix sonore, fraîche, qui semblait faite pour s'insinuer dans un cœur de femme. Elle s'insinua de même dans le cœur d'Adouiev, mais d'une autre façon. Ce cœur se serra, s'emplit de tristesse poignante, de jalousie, de haine, de pressentiments noirs et lourds.

Alexandre pénétra dans le vestibule.

— Qui donc est chez vous ? demanda-t-il à un valet.

— Le comte Novinsky.

— Depuis longtemps?

— Depuis six heures.

— Allez dire tout bas à la barichnia que je suis venu et que je reviendrai.

— Oui.

Alexandre sortit, erra par la ville, sans savoir où il allait. Pendant deux heures, il s'agita.

— Est-il encore là ? revint-il demander.

— Oui ; il doit, je pense, rester pour souper. La barinia a ordonné de faire cuire les bécasses.

— Avez-vous parlé de moi à la barichnia ?

— Oui.

— Qu'a-t-elle dit ?

— Elle n'a pas donné d'instructions.

Alexandre s'en retourna chez lui et de deux jours on ne le revit pas. Dieu sait ce qu'il pensait, ce qu'il pressentait. Il revint enfin.

Du plus loin qu'il aperçut la villa, il se dressa dans la barque, et, s'abritant les yeux de la main, regarda devant lui. Là-bas, parmi les arbres, brillait une robe bleue, cette robe qui lui seyait à ravir. Le bleu allait si bien à son visage ! C'était cette robe qu'elle mettait, lorsqu'elle voulait plaire particulièrement à Alexandre. Cette vue lui mit un baume au cœur.

— Elle veut me dédommager de m'avoir momentanément, involontairement négligé, se disait-il. Ce n'est pas elle, c'est moi qui ai tort. Comment pouvait-on se comporter aussi grossièrement ? Il n'en fallait pas plus pour indisposer

Nadinka contre moi : un étranger, une nouvelle
relation ! Et d'ailleurs, sa conduite n'est-elle point
toute naturelle, chez elle, avec un visiteur ? Mais
elle surgit du buisson, elle prend le sentier et
se dirige vers la grille. Elle va m'attendre là...
Elle marche en effet dans l'allée ; mais qui donc
l'accompagne au sortir du sentier ?... Le comte !
fit amèrement Alexandre, presque à voix haute,
sans pouvoir en croire ses yeux.

— Comment ? fit l'un des bateliers.

— Elle, seule au jardin avec lui ! murmura
Alexandre. Comme naguère avec moi !

Le comte et Nadinka atteignirent la grille et,
sans regarder le fleuve, firent volte-face et remon-
tèrent l'allée à pas lents. Il se penchait vers elle
et lui murmurait quelque chose à l'oreille. Elle
marchait en baissant la tête.

Adouiev, toujours debout dans le bateau, bouche bée, immobilisé, étendait les mains vers le
rivage. Puis, les laissant retomber, il s'assit.

Les bateliers ramaient toujours.

— Où donc allez-vous ? dit Alexandre avec
colère. Rebroussons chemin.

— Retourner à Pétersbourg, tout de suite ? dit
l'un d'eux, en le regardant ébahi.

— Oui, certes. Es-tu sourd ?

— Et, ici, ne daignez-vous pas...

L'autre batelier, sans mot dire, mania adroitement l'aviron gauche ; puis ils battirent l'eau des

deux avirons, et la barque rapidement, revint en
arrière, tandis qu'Alexandre, renfonçant son chapeau presque sur ses épaules, se plongeait dans
une douloureuse méditation.

Puis il laissa passer quinze jours avant de retourner chez les Lioubetski ; quinze jours, un
siècle pour un amoureux. Cependant il vivait dans
une attente perpétuelle ; on allait lui dépêcher
quelqu'un, bien sûr, pour savoir ce qui lui arrivait, s'il n'était pas malade, comme on avait coutume de le faire lorsqu'une indisposition ou un
caprice l'avait retenu au logis... Nadinka commençait à se faire l'interprète de sa mère, comme
il convenait ; puis elle écrivait quelques mots en
son propre nom. Quels reproches affectueux !
quelle douce inquiétude ! quelle impatience !

— Mais cette fois, je ne céderai point comme
cela. Je veux la torturer, lui apprendre la conduite à tenir envers un étranger. La réconcilia-
tion ne se fera pas tout de suite.

Et il ruminait de terribles plans de vengeance.
Il songeait au châtiment qu'il lui imposerait, à la
grandeur d'âme avec laquelle il lui pardonnerait,
tout en lui donnant une leçon...

Mais hélas ! on ne lui dépêchait personne, on
ne sollicitait pas sa visite. On semblait même
l'oublier tout à fait.

Il avait maigri et pâli. La jalousie est la plus
meurtrière des maladies, surtout une jalousie

sans preuve et réduite au soupçon. Et quand la preuve vient, la jalousie s'en va et l'amour avec elle, le plus souvent. Alors, du moins, on sait à quel parti se résoudre ; mais jusqu'alors on souffre, et Alexandre souffrait cruellement.

Un matin, enfin, il se décida à y aller. Il espérait trouver Nadinka toute seule et s'expliquer avec elle.

Il arriva au verger : personne. Il pénétra dans le vestibule, ouvrit la porte du jardin, et que vit-il ? Deux jockeys, à la livrée du comte, maintenaient deux chevaux de selle. Sur le premier, le comte et l'un des jockeys installaient Nadinka, le second attendait le comte lui-même. Sur le perron, Maria Mikhaïlovna considérait la scène avec une grimace d'angoisse.

— Tiens-toi mieux sur ta selle, Nadinka, criait-elle. Veillez bien sur elle, comte, au nom du Christ. Ah ! que j'ai peur, mon Dieu, que j'ai peur ! Accroche-toi à l'oreille du cheval, Nadinka; vois, il est comme un diable, il va te jeter à terre.

— Ce n'est rien, petite maman. Je sais déjà monter, vous allez voir.

Elle fouetta le cheval, qui fit un bond en avant et se mit à piaffer sur place.

— Ah ! Ah ! retenez-le ! s'écriait Marie Mikhaïlovna en agitant ses bras. Arrête, ma fille, il te tuera !

Mais Nadinka tira la bride avec force : le cheval s'arrêta.

— Voyez comme il m'obéit ! dit-elle en flattant de la main le cou de l'animal.

Personne n'aperçut Adouiev qui, très pâle, regardait en silence Nadinka. Comme pour le narguer, la jeune fille lui apparaissait plus belle que jamais. Comme cette amazone, comme ce chapeau et ce voile vert lui seyaient ! Que sa taille était bien prise ! Une sorte de fierté timide et la joie d'un exercice nouveau illuminaient son visage. Le cheval sautillait légèrement, obligeant l'élégante cavalière à s'incliner avec grâce et à se redresser tour à tour. Elle vacillait sur la selle comme la tige d'une fleur secouée par le vent.

Le jockey amena l'autre cheval au comte.

— Comte, retournerons-nous encore dans les bois ? demanda Nadinka.

— Encore !... se dit Adouiev.

— Mais certainement ! répondit le comte.

Les chevaux partirent.

— Nadejda Alexandrovna ! cria brusquement Adouiev d'une voix rauque.

Tous s'arrêtèrent, pétrifiés, regardant Alexandre avec stupéfaction: cela dura une minute.

— Tiens ! c'est Alexandre Fedoritch ! fit la mère, revenue à elle la première.

Le comte salua poliment. Nadinka releva vive-

ment son voile, se retourna et le regarda avec
épouvante, la bouche entr'ouverte ; puis, se détournant aussitôt, elle tira la bride et partit au galop;
en deux bonds elle avait disparu derrière la porte
de la villa, serrée de près par le comte.

— Doucement ! plus doucement, au nom du
Christ ! criait la mère en les suivant des yeux.
Attrape-le par l'oreille ! Ah ! mon Dieu ! elle va
tomber, bien sûr ! En voilà des jeux !

Tout disparut. On entendait seulement le bruit
des sabots et un nuage de poussière s'élevait de
la route. Alexandre, demeuré seul avec la Liov-
betskaïa, l'examinait en silence, semblait lui demander du regard : « Que veut dire ceci ? » Il
n'attendit pas longtemps la réponse.

— Ils sont partis, dit-elle, sans laisser de trace.
Mais quoi ! laissons la jeunesse se divertir... Je
veux causer un moment avec vous, Alexandre
Fedoritch. Mais qu'y a-t-il donc? Depuis quinze
jours, plus un mot, rien de vous. Est-ce que vous
ne nous aimez plus ?

— J'ai été malade, Maria Mikhaïlovna, dit-il
avec amertume.

— On le voit. Vous avez maigri, et cette pâleur !
Asseyez-vous bien vite ; reprenez haleine. Mais
attendez; voulez-vous que je vous fasse cuire deux
œufs à la coque ? Il y a loin encore d'ici au dîner.

— Non, merci.

— Pourquoi ! ce serait prêt à l'instant... Des œufs exquis ; le marchand les apporte à peine.

— Non, non.

— Mais qu'avez-vous donc ? Moi, j'attendais, j'attendais toujours et je me disais : « Qu'est-ce que cela signifie ? Il ne vient pas, il ne nous envoie plus de petits livres français. » Vous rappelez-vous ? vous nous avez promis quelque chose. Quoi donc ?... *La Peau de chagrin,* je crois. J'attendais, j'attendais, rien... « Il ne nous aime plus, pensais-je, Alexandre Fedoritch ; vraiment, il ne nous aime plus. »

— Je crains bien, Maria Mikhaïlovna, que ce ne soit vous qui ne m'aimiez plus.

— C'est un péché de craindre cela, Alexandre Fedoritch. Je vous aime comme un parent, oui, comme j'aime ma Nadinka ; mais elle est encore une enfant, elle. Quelles idées peut-elle avoir ? Elle n'est pas encore capable d'apprécier les gens. Moi, je ne cessais de lui répéter : « Qu'y a-t-il donc ? on ne voit plus Alexandre Fedoritch ; il ne vient plus, et je l'attends toujours. » Savez-vous bien que tous les jours nous attendions cinq heures pour dîner ? Je me disais sans cesse : « Pour sûr, il va venir ». Tellement que Nadinka elle-même me disait parfois : « Qu'y a-t-il donc, maman ? Qui attendez-vous ? J'ai faim, moi, et le comte aussi, je suppose. »

— Vient-il souvent, le comte ? interrogea Alexandre.

— Oui, presque tous les jours ; et souvent deux fois dans la journée ; il est si gentil ! il nous aime tant !... Oui, voilà ce que Nadinka vient me dire : « J'ai faim, c'est l'heure de manger ; il faut se mettre à table. — Mais si Alexandre Fedoritch allait venir ? lui dis-je. — Oh ! il ne viendra pas ! répond-elle. Voulez-vous gager qu'il ne viendra pas ? A quoi bon l'attendre ? »

Les paroles de la Lioubetskaïa transperçaient le pauvre Adouiev comme autant de coups de couteau.

— Ah ! voilà ce qu'elle disait ? demanda-t-il en s'efforçant de sourire.

— Oui, oui, elle disait cela. Et elle me pressait de manger. Je suis sévère, vous le savez, tout en ayant l'air bonne ; je l'ai déjà grondée plus d'une fois. « Tantôt tu l'attends jusqu'à cinq heures sans dîner, tantôt tu ne veux pas l'attendre une seconde, petite sotte ! Mais c'est très mal, lui dis-je : Alexandre Fedoritch est notre vieil ami ; il nous aime et son petit oncle Petr Ivanovitch nous a témoigné beaucoup d'intérêt. Ce n'est pas bien d'oublier ces choses-là. Il pourrait se fâcher et ne plus revenir nous voir. »

— Et elle ? questionna Alexandre.

— Rien. Mais elle est si vive, vous le savez : elle

saute, chante et se sauve, ou bien elle dit :
« Oh ! il viendra bien, s'il y tient ! » Elle est si
vilaine ! Et moi, je me dis aussi : « Il viendra. »
Mais un jour se passe encore, et rien. Et moi je
reprends : « Qu'y a-t-il donc, Nadinka ? Alexandre
Fedoritch serait-il malade ? — Je ne sais pas,
maman, répond-elle. Comment le saurais-je ? —
Si nous envoyions demander ce qui lui est arrivé ?
— Oui, nous enverrons, nous enverrons. » Et
voilà comment nous avons envoyé. Moi je l'avais
oublié, comptant sur elle. Et elle, c'est un aqui-
lon. Ainsi, voyez à présent, cette lubie qui lui a
pris de monter à cheval. Un jour elle voit le
comte passer au galop, et la voilà qui me rompt
la tête. — « Je veux aller à cheval, là. » Moi je lui
objecte ceci, cela. — «Non, je veux ! — Folle ! » lui
dis-je. Nous, dans notre temps, nous ne pensions
guère à monter en selle ; on nous élevait tout
autrement. Aujourd'hui, c'est à faire trembler. Les
barinias ne se sont-elles pas mises à fumer ?
Ainsi, vis-à-vis de nous, habite une jeune veuve ;
elle se tient à son balcon, et toute la journée,
elle fume des cigarettes. On marche, on roule,
voitures et piétons, elle n'en a cure. De notre
temps, quand un homme sentait le tabac...

— Cela dure-t-il depuis longtemps ?

— Je ne sais pas au juste ; on dit que c'est à
la mode depuis cinq ans déjà ; tout cela, nous le
devons aux Français.

— Non... je demandais si Nadejda Alexandrovna
montait à cheval depuis longtemps.

— Depuis environ dix jours. Le comte est si
gentil, si aimable ? Que ne ferait-il pas pour nous ?
Il la gâte vraiment trop ! Regardez donc, toutes
ces fleurs ! Toutes viennent de son jardin ; c'est au
point qu'il me vient des scrupules, à la fin. « Quoi !
dis-je, comte, vous la gâtez trop ! Elle va devenir
insupportable. » Et je la gronde aussi. Avec Maria
Ivanovna et Nadinka, nous avons visité son manège ; car vous savez que je la surveille moi-
même. Qui surveillerait une fille mieux que sa
mère ! Au manège, Nadinka a pris ses leçons sous
nos yeux. Puis nous avons déjeuné dans son jardin. Et à présent, vous l'avez vu, ils montent tous
les jours. Si vous saviez la riche maison qu'il a !
Nous avons tout examiné : tout est si bien choisi,
si merveilleux !

— Tous les jours, dit Alexandre à demi-voix.

— Oui ; pourquoi ne s'amuseraient-ils pas ?
Moi-même, quand j'étais jeune...

— Restent-ils longtemps à cheval ?

— Trois heures, à peu près. Et vous, dites-
moi, qu'avez-vous eu, quelle maladie ?

— Je ne sais. Je souffre de la poitrine, dit-il,
en appuyant la main sur son cœur.

— Et vous ne prenez rien, pour vous remettre ?

— Rien.

— Voilà bien les jeunes gens ! On dit toujours

que ce n'est rien, qu'on a bien le temps. Et puis
on s'inquiète alors qu'il est trop tard. Mais qu'avez-
vous au juste? Des douleurs, des nausées, un
point de côté?

— Des douleurs, des nausées et un point de
côté, répliqua Alexandre distrait.

— C'est un refroidissement! Au nom du Christ,
n'allez pas négliger cela. Vous finiriez par attraper
une pleurésie. Et vous ne faites pas de remède!
Voulez-vous que je vous dise? Prenez donc de
l'opodeldoch, frottez-en ferme votre poitrine, jusqu'à ce qu'elle soit toute rouge, et, en guise de
thé, buvez des simples ; je vous donnerai la re-
cette.

Nadinka revint pâlie par la lassitude. Elle
s'étendit sur le divan, en respirant avec effort.

— Voyez! disait Maria Mikhaïlovna en lui mettant sa main sur le front, comme elle s'est exté-
nuée ! A peine peut-elle respirer. Avale un verre
d'eau et va te changer. Desserre les lacets de
ton corset. Tu verras où elle te mènera, ton
équitation !

Alexandre et le comte passèrent là toute la
journée. Ce dernier témoignait toujours à Adouiev
la même politesse, la même amabilité. Il l'invita
à venir visiter son jardin et à se joindre à eux
pour la promenade à cheval, mettant même un
de ses chevaux à sa disposition.

— Je ne sais pas monter à cheval! répondit sèchement Alexandre.

— Vous ne savez pas ! s'écria Nadinka. Si vous saviez comme c'est agréable ! Nous irons encore demain, comte, voulez-vous ?

Le comte s'inclina.

— Assez, Nadinka ! dit la mère. Tu vas l'importuner.

Cependant rien ne dénotait entre le comte et Nadinka des relations bien intimes. Il se montrait aussi aimable pour la mère que pour la fille, ne recherchait point les tête-à-tête avec Nadinka, ne lui courait point derrière au jardin. Il la regardait manifestement du même œil que la mère. Les libres allures de la jeune fille, ses promenades à cheval, trahissaient, chez elle, un caractère fantasque et mobile, de la naïveté, peut-être une ignorance des convenances mondaines due à une éducation insuffisante ; chez la mère, l'imprévoyance et la faiblesse. Quant aux prévenances du comte, à ses visites continuelles, on pouvait les attribuer à la proximité des deux villas et à l'accueil cordial que lui réservaient chaque jour les Lioubetski.

La chose semblait toute naturelle, à l'examiner de sang-froid. Mais Alexandre la voyait à travers un verre grossissant et il découvrait bien des choses, qu'on n'aurait pas distinguées à l'œil nu.

Pourquoi donc, se demandait-il, ce changement dans les manières de Nadinka à son égard ? Déjà, elle ne vient plus l'attendre dans le jardin ; elle ne l'accueille plus avec un sourire, mais avec l'expression d'une épouvante trop visible. Elle s'habille, depuis quelque temps, avec bien plus de recherche, elle, si insouciante jadis de ces vanités. Sa conduite est plus réfléchie, comme si elle prenait un peu plus de raison. Parfois on sent dans ses yeux, dans sa démarche, comme l'ombre d'un secret. Que sont devenus ses jolis caprices, sa vivacité fantasque, sa légèreté? Disparus. La voilà grave, songeuse, taciturne. On dirait qu'elle souffre. Elle est pareille maintenant aux autres jeunes filles ; non moins hypocrite, non moins fausse; vous questionnant, d'un air distrait, sur votre santé; toujours empressée et polie, suivant la formule, ... polie envers lui, envers lui, Alexandre, avec qui... ô Dieu ! son cœur défaillait.

— Oh ! disait-il, on me cache quelque chose, ici. Eh bien, je veux le découvrir, quoi qu'il arrive. Et alors, malheur !

> Je ne souffrirai pas qu'un tentateur
> Par la flamme, et les soupirs, et la flatterie,
> Suborne un cœur encore enfant,
> Qu'un ver misérable et venimeux
> Ronge la tige du lys,
> Qu'une petite fleur de deux jours
> Se flétrisse à peine éclose.

Le jour même, après le départ du comte, Alexandre guetta l'occasion d'entretenir Nadinka en particulier. Que ne fit-il pas? Il prit un livre qu'elle avait coutume de lui demander du jardin quand elle voulait l'arracher à la conversation de sa mère, et, le lui ayant montré, s'en fut au bord de la rivière. « Elle va accourir aussitôt, » pensait-il. Il attendit, il attendit; pas de Nadinka. Il retourna au salon, et la trouva en train de lire elle-même un livre; elle ne leva point les yeux sur Alexandre. Il s'assit près d'elle; elle, sans le regarder, très vite, comme à contre-cœur, lui demanda s'il s'occupait toujours de littérature, s'il n'avait pas de nouveau publié quelque chose. Du passé, pas un seul mot. Il lia conversation avec la mère. Nadinka sortit et s'en fut au jardin.

Bientôt après la mère sortit à son tour, et Adouiev s'élança au dehors. Nadinka, en le voyant venir, quitta son banc, mais au lieu de marcher au-devant de lui, prit une allée latérale pour gagner furtivement la maison, comme si elle le fuyait. Il hâta le pas; elle hâta le pas.

— Nadejda Alexandrovna, cria-t-il de loin; j'aurais deux mots à vous dire.

— Rentrons, répondit-elle : il fait humide ici.

Une fois au salon, elle se rassit près de sa mère. Alexandre manqua se trouver mal.

— Vous craignez donc l'humidité, maintenant? dit-il avec une expression de reproche.

— Oui, les soirées sont maintenant si sombres, si froides, dit-elle en bâillant.

— Du reste, nous nous en irons bientôt. Auriez-vous la bonté, Alexandre Fedoritch, de passer à notre appartement et de rappeler au propriétaire les deux serrures pour la porte et les volets pour la chambre à coucher de Nadinka? Il nous l'a promis; mais il l'oublierait sûrement. Tous les mêmes : pourvu qu'ils touchent leur argent...

Adouiev se disposait à sortir.

— Dites-lui bien de ne pas tarder, fit Maria Mikhaïlovna.

Nadinka gardait le silence.

Il était déjà à la porte; il retourna la tête vers elle. Elle fit trois pas de son côté. Il frémit.

— Enfin! pensa-t-il.

— Viendrez-vous demain? demanda-t-elle froidement.

Et ses yeux s'arrêtèrent sur lui avec une expression d'ardente curiosité.

— Je ne sais pas; pourquoi ?

— Pour rien, je vous demande seulement si vous viendrez.

— Le voudriez-vous?

— Viendrez-vous demain? répéta-t-elle avec la même froideur, mais avec une impatience accrue.

— Non, répliqua-t-il fâché.

— Et après-demain?

— Non, je ne viendrai pas de toute une semaine, peut-être de deux, peut-être de bien longtemps.

Et il arrêtait sur elle un regard investigateur, pour tâcher de lire dans ses yeux l'impression qu'allait lui faire cette réponse.

Elle demeura silencieuse; mais ses yeux se baissèrent. Qu'exprimaient-ils? Le trouble de la tristesse? les éclairs de la joie? Ce joli visage de marbre ne livrait pas son secret.

Alexandre crispa sa main sur son chapeau et partit.

— N'allez pas oublier de vous frotter la poitrine avec de l'opodeldoch, criait derrière lui la vieille barinia.

De nouveau Alexandre se posait le problème : Pourquoi cette question de Nadinka? désir ou peur de le voir?

— Oh! quelle torture! quelle torture, pensait-il désespéré.

Le pauvre amoureux n'y put tenir; il revint le troisième jour. Lorsqu'il arriva, Nadinka était à la porte du jardin. Déjà il exultait. Mais il approchait à peine de la berge lorsque la jeune fille, comme ne l'ayant pas vu venir, se retourna, fit quelques pas de ci de là, pour montrer qu'elle se promenait sans but, et rentra dans la villa.

Il la trouva auprès de sa mère. Il y avait là deux visiteurs de la ville, et la voisine Maria Ivanovna, et l'inévitable comte. Alexandre était au

supplice. Toute la journée se passa encore en con-
versations vaines et insipides; que ces gens l'éner-
vaient! Ils débitaient d'un air sensé toutes sortes
de bêtises, discutant, plaisantant, riant.

— Ils rient! se disait Alexandre. Ils peuvent rire,
alors que... Nadinka... est si changée à mon
égard. Cela leur est bien égal! Oh! les misérables !
Les sots! Tout les amuse.

Nadinka se rendit au jardin. Le comte ne l'y
suivit point. Depuis quelque temps, ils semblaient
se fuir, lorsque Alexandre était là. Parfois, il les
trouvait seuls au jardin ou au salon; mais ils se
quittaient aussitôt. Et, en sa présence, ils ne
s'abordaient plus. Nouvelle, affreuse découverte
pour Alexandre, indice évident d'un complot entre
eux.

Les visiteurs partirent; le comte se retira, lui
aussi. Nadinka ne s'en aperçut pas et resta dans
le jardin. Adouiev faussa compagnie à Maria
Mikhaïlovna et courut au verger. Nadinka avait le
dos tourné, la main appuyée sur la petite porte,
et la tête penchée sur cette main, comme dans
cette soirée inoubliable. Elle ne le vit, ne l'entendit point venir.

Son cœur battait bien fort, tandis qu'il s'approchait d'elle sur la pointe des pieds; il suffoquait.

— Nadejda Alexandrovna! murmura-t-il d'une
voix à peine intelligible, tant il était ému.

Elle tressauta, comme si l'on eût tiré derrière elle un coup de fusil. Elle se retourna et fit vivement un pas en arrière.

— Dites-moi, je vous prie, d'où vient cette fumée, dit-elle, toute troublée, en désignant la rive opposée. Un incendie, ou quoi? Ou quelque fourneau d'usine?

Il la regardait sans parler.

— Je croyais vraiment que c'était un incendie... Mais pourquoi me regardez-vous ainsi? Vous ne me croyez pas?

Elle se tut, elle aussi.

— Vous, fit-il en secouant la tête, vous aussi, vous êtes comme les autres, comme toutes les autres. Qui l'eût dit, il y a deux mois?

— Quoi? Qu'avez-vous? dit-elle. Je ne vous comprends pas.

Et elle fit mine de s'éloigner.

— Restez, Nadejda Alexandrovna; je n'ai pas la force de supporter plus longtemps ce supplice.

— Quel supplice! Je ne sais vraiment pas...

— Pas de faux-fuyant. Dites-moi, est-ce bien vous que je vois? Êtes-vous bien la même que vous étiez?

— Je suis toujours la même, dit-elle d'un ton résolu.

— Comment? vous n'avez pas changé à mon égard?

— Non, je crois vous avoir témoigné toujours la même amabilité, vous avoir vu avec le même plaisir.

— Avec le même plaisir... Mais alors pourquoi vous éloignez-vous de moi?

— Je m'éloigne! Que dites-vous là? Je me tiens auprès de vous, et vous prétendez que je m'éloigne?

Elle eut un sourire contraint.

— Nadejda Alexandrovna, assez de feintes! continua le jeune homme.

— Quelles feintes? Et pourquoi vous attachez-vous ainsi à mes pas?

— Est-ce vous? Dieu! Ici-même, il y a à peine un mois et demi...

— Quelle est donc cette fumée, sur la rive opposée? Je meurs d'envie de le savoir.

— Affreux! affreux! disait Alexandre.

— Mais que vous ai-je fait? Vous avez cessé de venir nous voir; à votre aise. Vous retenir malgré vous?... dit Nadinka.

— Feintes que tout cela! comme si vous ignoriez pourquoi j'ai cessé mes visites!

Elle regardait de côté en secouant la tête.

— ...Et le comte? fit-il, presque menaçant.

— Quel comte?

Elle avait l'air d'entendre parler du comte pour la première fois.

— Vous osez demander, quel comte? dit-il en la

regardant fixement. Dites : vous est-il indifférent ?

— Vous êtes fou ! dit-elle, en se reculant.

— Vous ne vous trompez guère, poursuivit-il. Ma raison s'en va de jour en jour. Pouvez-vous être si perverse, si déloyale envers un homme qui vous a aimée par-dessus tout, qui vous a tout sacrifié. Tout !... Le bonheur allait lui sourire, pensait-il, un bonheur sans fin. Et vous...

— Quoi, moi ? dit-elle, en se reculant encore.

— Quoi, vous ? répliqua-t-il, outré de cette froideur. Vous avez oublié !... Je vous rappellerai qu'ici, à cette même place, vous avez cent fois juré de n'être qu'à moi. « Dieu entendra ces serments, » disiez-vous. Oui, il les a entendus. Vous avez à rougir devant le ciel, devant ces arbres, devant chacun de ces brins d'herbe. Tous furent témoins de notre extase : le plus menu de ces grains de sable pourrait dire notre amour. Regardez, regardez autour de vous ; vous avez été parjure !

Elle le contemplait avec effroi ; ses yeux étaient brillants, ses lèvres pâles.

— Oh ! qu'il est méchant ! dit-elle d'une voix timide. Pourquoi donc êtes-vous fâché ? Je ne vous ai point refusé, vous ne m'avez pas encore demandée à maman. D'où savez-vous...

— Vous demander à votre mère après tous vos procédés !

— Quels procédés ? Je ne sais pas.

— Lesquels? je vais vous le dire. Ces tête-à-tête
avec le comte, ces promenades à cheval?... ·

— Je ne peux cependant pas m'enfuir devant
lui dès que maman quitte le salon. Les promenades à cheval?... c'est que j'aime aller à cheval...
C'est si amusant ! On saute... O la gentille petite
jument, cette Lucie ? L'avez-vous vue ? Elle me
connaît déjà.

— Et ce changement dans votre attitude à mon
égard ! reprit-il... Et le comte, qui vient chez
vous toute la journée, du matin au soir !

— Mon Dieu ! comment pouvais-je savoir...
que vous étiez si bizarre ? C'est maman qui le
veut ainsi.

— Ce n'est pas vrai. Votre maman ne veut que
ce que vous voulez. Pour qui tous ces présents,
cette musique, ces albums, ces fleurs ? Pour votre
maman ?

— Oui, maman raffole des fleurs. Elle a, hier
encore, dévalisé le jardinier.

— Et que lui chuchotez-vous? continua
Alexandre, sans prendre garde à ses paroles.
Vous pâlissez; vous reconnaissez vous-même
votre faute : anéantir le bonheur d'un homme,
oublier, effacer tout si vite, si légèrement ! tant
de fausseté, de perfidie, de mensonge, de trahisons! Comment en êtes-vous arrivé là? Le riche
comte, ce lion, a daigné vous favoriser d'un
regard, et vous avez perdu la tête, vous vous êtes

prosternée à plat ventre devant ce soleil en plaqué. Et la modestie? qu'en faites-vous? Que le comte ne vienne plus ici, dit-il haletant, entendez-vous? Cessez, brisez toutes relations avec lui; qu'il oublie le chemin de votre villa. Je ne veux pas...

Il lui saisit la main avec fureur.

— Maman! Maman! Au secours! cria Nadinka d'une voix perçante.

Elle se débattit, s'arracha de l'étreinte d'Alexandre et courut en toute hâte vers la maison, tandis qu'Alexandre tombait sur le banc et se prenait la tête à deux mains.

Nadinka arriva au salon, pâle, épouvantée et s'affaissa sur une chaise.

— Qu'as-tu donc? Que t'arrive-t-il? Pourquoi ces cris? lui dit sa mère alarmée, en s'élançant vers elle.

— Alexandre Fedoritch... il est malade, dit-elle, pouvant à peine articuler.

— Et d'où te vient cet effroi?

— Il est si effrayant, maman. Au nom du Christ, empêchez-le de s'approcher de moi!

— Que tu m'as fait peur, petite folle! Eh bien, quoi! il est malade; je le sais parbleu bien; il souffre de la poitrine; mais quoi de si effrayant là-dedans? Ce n'est pas la phtisie. Qu'il se frotte d'opodeldoch et ça lui passera. Bien sûr, il ne m'aura pas écoutée, il aura négligé de se frotter.

Alexandre reprit ses sens. Sa fièvre partit, mais sa douleur redoubla. Il avait épouvanté Nadinka sans éclaircir ses soupçons ; il n'obtiendrait plus d'elle, bien sûr, aucune réponse. Il n'avait pas su s'y prendre. Comme tout amoureux, il eut cette pensée :

— Si elle était innocente ! peut-être que le comte lui est en effet indifférent. Sa stupide mère l'invite tous les jours : que peut-elle faire là-contre ? Lui est homme du monde, il fait l'aimable. Et peut-être veut-il, Nadinka est si jolie ! lui plaire en effet. Mais cela ne prouve pas qu'il lui ait déjà plu. Ce qu'elle aime, c'est peut-être les fleurs, les chevauchées, les plaisirs innocents, mais non point le comte lui-même. Admettons même beaucoup de coquetterie dans son fait... n'est-elle point excusable ? D'autres, et de plus âgées, font Dieu sait quoi !

Il respira. Un rayon de joie rasséréna son âme. Tous les amoureux sont ainsi : tantôt aveugles, tantôt trop clairvoyants. Et puis il est si doux de justifier l'objet aimé !

— Mais pourquoi ce changement vis-à-vis de moi ? se demandait-il encore, en pâlissant de nouveau. Pourquoi m'évite-t-elle ? Elle garde le silence, comme prise de honte. Pourquoi, hier et les jours précédents, de si belles toilettes ? Elle n'avait d'autre hôte que lui. Pourquoi demander si l'on commencerait bientôt les ballets ? La question est bien naturelle ; mais lui, pourquoi s'est-il fait fort de leur procurer une loge pour chaque ballet, malgré toutes les difficultés? C'est qu'il veut, bien sûr, les accompagner. Pourquoi, hier, quitter le jardin ? Pourquoi refuser d'y revenir ? Pourquoi me demander ceci, pourquoi ne pas me demander cela ?

De nouveau le soupçon le mordit au cœur. De nouveau il souffrit le martyre. Il finit par conclure que Nadinka ne l'avait jamais aimé.

— Mon Dien ! mon Dieu ! fit-il avec désespoir. Que c'est lourd, que c'est amer, la vie ! Envoyez-moi la paix de la mort, le sommeil de l'âme.

Un quart d'heure après, il rentrait au salon, triste et craintif.

— Adieu, Nadejda Alexandrovna ! dit-il timidement.

— Adieu ! répondit-elle d'un ton bref, sans le regarder.

— Quand m'autorisez-vous à revenir ?

— Quand il vous plaira. D'ailleurs, c'est cette semaine-ci que nous revenons à la ville. Nous vous le ferons savoir.

Il s'en fut. Plus de quinze jours se passèrent. Tout le monde avait abandonné les villas. Les brillants salons de l'aristocratie s'étaient rouverts. Le tchinovnik[1], ayant allumé les deux lampes de

---

Fonctionnaire

son salon, acheté deux livres de bougies stéariques, préparé deux tables de jeux dans l'attente de Stepan Ivanitch et d'Ivan Stepanitch, avait déclaré à sa femme qu'ils recevraient tous les mardis.

Et Alexandre attendait toujours un avis des Lioubetski. Il avait rencontré leur cuisinier et leur femme de chambre. Celle-ci, en le voyant, avait fait un saut de côté comme pour l'éviter. Elle partageait visiblement les sentiments de sa barichnia. Le cuisinier, lui, s'était arrêté.

— Monsieur nous a sans doute oubliés, fit-il. Nous sommes de retour depuis une semaine et demie.

— Peut-être n'est-on pas tout à fait installé ? Peut-être ne reçoit-on pas ?

— Comment, on ne reçoit pas ? Mais tout le monde est déjà venu, monsieur, hormis vous ; Madame ne sait qu'en penser. Tenez, Son Excellence le comte, par exemple, il ne passe pas un jour sans venir. Un si excellent barine ! Je suis allé lui porter chez lui je ne sais quel petit cahier de la part de la barichnia. Il a daigné me gratifier d'un billet rouge.

— Quel sot tu es ! dit Adouiev, en s'éloignant de ce bavard.

Le soir, il passa devant la maison des Lioubetski. Il aperçut des lumières derrière les vitres et une téléga à la porte.

— A qui cette téléga ? demanda-t-il.

— Au comte Novinsky.

Le lendemain, le surlendemain, même chose. Un jour enfin il prit le parti d'entrer. La mère l'accueillit cordialement, lui reprochant sa longue absence, le blâmant de ne point se frotter la poitrine avec de l'opodeldoch. Nadinka était tranquille, le comte poli comme toujours; mais l'entretien ne s'engageait pas.

Deux fois il vint, deux fois il reçut le même accueil. Vainement il regardait Nadinka avec une expression de reproche : Nadinka ne semblait pas voir ses regards, elle qui, jadis, s'y montrait si sensible! Alors, quand il s'entretenait avec la mère, la fille, debout en face de lui, derrière Maria Mikhaïlovna, faisait toutes sortes de grimaces, imaginait toutes sortes de folies pour le faire rire...

Une tristesse noire l'investit. Il ne songeait qu'au moyen d'ôter de dessus ses épaules cette croix qu'il avait acceptée volontairement, d'arriver à une explication, quelle que fût la réponse, — pourvu qu'enfin son incertitude fît place à la certitude.

Longtemps il y songea. Il finit par avoir une idée, et se rendit chez les Lioubetski.

Tout le favorisait, ce jour-là. Pas de téléga à la porte. Il franchit rapidement l'antichambre et arriva à la porte du salon; là il s'arrêta pour reprendre haleine. Nadinka jouait du piano, tandis que Mme Lioubetskaïa, dans la pièce voisine, était assise sur le divan à broder son écharpe. En entendant des pas dans le salon, Nadinka ralentit son jeu et tendit le cou, attendant, avec un sourire, la venue d'un visiteur. Le visiteur parut, et le sourire s'évanouit bien vite, faisant place à la peur. Son visage s'altéra légèrement, elle se leva de son tabouret. Ce n'était point là, bien sûr, le visiteur qu'elle attendait.

Alexandre s'inclina, et comme une ombre, se glissa un peu plus loin, du côté de la mère. Sa démarche était humble, non plus assurée comme autrefois, et il baissait la tête. Nadinka se rassit et recommença à jouer, non sans se retourner parfois avec inquiétude.

Au bout d'une demi-heure, on appela Mme Lioubetskaïa, qui dut sortir de la chambre. Alexandre s'avança vers Nadinka. La jeune fille se leva et voulut se retirer aussi.

— Nadejda Alexandrovna, fit-il d'une voix sombre, demeurez et m'accordez cinq minutes, rien que cinq minutes.

— Il m'est impossible de vous entendre, répliqua-t-elle.

Et elle faisait mine de s'en aller.

— ... La dernière fois vous avez été..., dit-elle.

— J'ai eu tort; aujourd'hui, je vais vous parler autrement. Je vous le jure, vous n'entendrez pas la moindre récrimination. Ne me rebutez pas :

c'est sans doute la dernière fois que je vous parle ; mais une explication s'impose. Vous m'avez autorisé à demander votre main à votre mère. Depuis, il s'est passé des choses qui... bref... j'ai besoin de vous faire une question. Mais asseyez-vous, remettez-vous au piano ; votre petite maman, de cette façon, n'entendra point notre conversation. Ce n'est pas la première fois, n'est-ce pas ?

Elle obéit, machinalement, non sans rougir un peu, et plaqua des accords, en le regardant, dans une attente craintive.

— Où donc êtes-vous, Alexandre Fedoritch ? demanda la mère qui était revenue à sa place.

— Je voulais causer un moment avec Nadejda Alexandrovna... sur... la littérature, répondit-il.

— Causez, causez ; aussi bien, voilà longtemps, je crois, que vous n'avez causé ensemble.

— Voulez-vous, dit le jeune homme à demi-voix, voulez-vous répondre, brièvement, catégoriquement, à cette seule question : est-ce que vous ne m'aimez plus ?

— Quelle idée ! répondit-elle, très confuse. Vous savez bien que maman et moi avons toujours fait grand cas de votre amitié, et que nous avons toujours eu du plaisir à vous voir.

Adouiev, la considérant, se prit à songer :

« Est-ce bien toi, cette jeune fille fantasque, mais sincère, mais vive et légère ? Comme elle a vite appris l'hypocrisie ! Comme en elle se sont

épanouis déjà tous les instincts de la femme.
Comment, dans les charmants caprices d'autrefois,
reconnaître les germes de tant de perfidie, de tant
de dissimulation ! Elle n'a point reçu, cependant,
les leçons de mon oncle, et la voilà déjà femme! en
deux, trois mois au plus, à l'école du comte... Ah!
mon oncle, mon oncle, que tu avais cruellement
raison ! »

— Ecoutez-moi, dit Adouiev, mais d'une telle
voix que le masque de l'hypocrite tomba aussitôt.
Laissons votre maman tranquille ; redevenez pour
un moment l'ancienne Nadinka, la Nadinka que
vous étiez lorsque vous m'aimiez un peu, et
répondez-moi franchement. J'ai besoin de connaître la vérité, j'en ai besoin, au nom du Christ!

Sans répondre, elle prit une autre partition et
s'appliqua à déchiffrer un passage difficile.

— Bien. Je vais changer les termes de ma
question, reprit Alexandre. Dites-moi, quelqu'un...
je ne veux pas savoir qui... quelqu'un n'a-t-il point
pris ma place dans votre cœur ?

Elle moucha la bougie, et, longuement, arrangea
le chandelier; mais elle resta muette.

— Répondez donc, Nadejda Alexandrovna; un
seul mot nous délivrera, moi, de mon supplice,
vous, d'une explication pénible.

— Mon Dieu ! Cessez, je vous prie ! que dirais-je ?
Je n'ai rien à dire, dit-elle en détournant la tête.

Un autre se fût contenté e cette réponse,

eût vu l'inutilité d'insister, comprenant tout au
premier coup d'œil jeté sur la tristesse muette et
lassée que trahissaient la physionomie et les gestes
de la jeune fille. Mais Adouiev ne s'en contenta
point. Comme un bourreau, il voulut torturer sa
victime, et vider avec elle la coupe jusqu'à la lie.

— Non, dit-il, il faut en finir aujourd'hui. De
noires tristesses déchirent mon cœur en lambeaux.
Je me sens horriblement las; l'émotion étreint
ma poitrine à la briser; et toujours cette incertitude qui me tue! Eclairez-moi vous-même, dissi-
pez ou confirmez mes soupçons, ou bien je n'aurai
plus un instant de repos!

Il la regardait, attendant une réponse. Mais elle
gardait toujours le silence.

— Prenez pitié de moi! reprit-il. Regardez-moi.
Suis-je le même homme? Tous ont peur de moi,
tant je suis méconnaissable; tous me plaignent,
hormis vous seule...

Ses yeux étincelaient en effet d'un éclat farouche;
il avait maigri et pâli; de son front la sueur coulait abondante.

Elle le regarda furtivement, et eut dans les
yeux comme un éclair de pitié. Elle lui saisit la
main, mais la laissa aussitôt retomber, et de nouveau se tut en soupirant.

— Eh bien? demanda-t-il.

— Oh! laissez-moi en repos! dit-elle tristement. Vos questions me torturent.

— Je vous en conjure, au nom du Christ! reprit-il, finissez tout d'un mot. Pourquoi feindre? Je nourrirai encore un fol espoir, je viendrai tous les jours chez vous, pâle, défait, et vous attristerai vous-même. Si vous me consignez à votre porte, je stationnerai sous vos fenêtres, je vous suivrai au théâtre, dans la rue, comme un spectre, comme un *Memento mori*. C'est sot, c'est ridicule, pour ceux qui peuvent rire ; mais, pour moi, si cruel ! Vous ignorez ce.que c'est que la passion, où elle conduit. Plaise à Dieu que vous l'ignoriez toujours !... Que gagnerez-vous donc à garder le silence ? Ne vaut-il pas mieux me dire immédiatement...

— Mais que me demandez-vous donc ? dit Nadinka en se renversant sur le dossier de sa chaise. Je l'ai complètement oublié. J'ai comme une brume dans la tête.

Elle posa, en frissonnant, la main sur son front, et la retira aussitôt.

— Je vous demande si quelqu'un a pris ma place dans votre cœur. Un seul mot : oui, ou non. Et ce sera tout. Est-ce donc si long à prononcer ?

Elle voulait répondre, mais ne pouvait. Elle baissait la tête, et tapotait une touche d'un seul doigt. Visiblement, elle soutenait une violente lutte intérieure.

— Ah ! fit-elle enfin, d'un cri désepéré.

Alexandre s'essuya le front avec son mouchoir.

— Oui ou non? répéta-t-il, en retenant sa respiration.

Quelques secondes s'écoulèrent.

— Oui ou non?

— Oui, murmura Nadinka, d'une voix à peine distincte.

Puis elle se courba sur le piano, et, comme si elle eût tout oublié, en tira des accords plus bruyants.

Ce « oui » s'était exhalé à peine perceptible, comme un soupir. Mais Adouiev en fut assourdi. Il lui sembla que son cœur se brisait ; ses jambes défaillirent. Il se laissa aller sur la table, près du piano, et demeura sans voix. Nadinka le considérait d'un air craintif, lui aussi la regardait, mais d'un regard sans pensée.

— Alexandre Fedoritch, cria soudain Maria Mikhaïlovna de sa chambre, quelle est l'oreille qui me tinte?

Il restait muet.

— Maman vous appelle, dit Nadinka.

— Ah!

— Quelle est l'oreille qui me tinte ? répéta la mère. Dépêchez-vous !

— Les deux, répondit Adouiev au désespoir.

— Voyez-vous, il n'a pas deviné ! C'est la gauche. Et je me demandais si le comte allait venir aujourd'hui.

— Le comte ! s'écria Adouiev.

— Pardon, dit Nadinka suppliante en se jetant vers lui. Je n'y comprends rien moi-même. Tout s'est fait en moi à l'improviste, malgré moi, je ne sais comment. Je n'ai pu vous tromper.

— Je tiendrai ma promesse ; Nadejda Alexandrovna, je ne vous adresserai pas un seul reproche. Merci de votre franchise. Vous avez beaucoup, beaucoup fait... aujourd'hui... J'ai souffert en entendant ce « oui... » Mais vous, encore plus en le prononçant. Adieu, vous ne me reverrez plus, c'est la seule récompense dont je puisse reconnaître votre franchise... Mais que le comte, le comte !...

Il serra les dents et gagna la porte.

— Oui, dit-il en se retournant, à quoi tout cela vous mènera-t-il ? Le comte ne vous épousera pas. Connaissez-vous ses projets ?

— Non, répondit Nadinka en secouant tristement la tête.

— Dieu ! quel aveuglement ! s'écria avec effroi Adouiev.

— Il ne saurait nourrir de mauvaises intentions, répondit-elle faiblement.

— Prenez bien garde, Nadejda Alexandrovna !

Il lui saisit la main, la baisa et sortit du salon en chancelant. Il faisait mal à voir. Nadinka demeura clouée à sa place.

— Eh bien ! tu ne joues plus, Nadinka, demanda la mère au bout de quelques minutes.

Nadinka tressaillit, comme tirée d'un lourd sommeil, et soupira.

— Tout de suite, maman, répliqua-t-elle. Et rêveuse, la tête inclinée légèrement, elle frappa doucement le clavier. Ses doigts tremblaient. Visiblement sa conscience la tourmentait, et cette incertitude où l'avaient jetée les paroles d'Alexandre : « Prenez bien garde ! »

Le comte arriva ; elle se montra inquiète, taciturne, contrainte dans ses manières. Elle prétexta la migraine et se retira de bonne heure dans sa chambre ; ce soir-là, elle trouva la vie amère.

Alexandre était à peine au bas de l'escalier que les forces lui manquèrent... Il s'affaissa sur la dernière marche, se couvrit les yeux de son mouchoir et se répandit en bruyants sanglots, mais sans pleurer. Le dvornik [1] traversait en ce moment le couloir. Il s'arrêta et prêta l'oreille.

— Marfa, hé ! Marfa ! cria-t-il en allant vers sa porte, viens donc voir ; écoute comme on beugle par là ; on dirait vraiment un animal. Je me disais : « Ne serait-ce point notre Arabka qui aurait brisé sa laisse ? » Mais non, ce n'est pas Arabka.

— Oh ! non, ce n'est pas Arabka ! répéta Marfa après avoir écouté avec attention. Quel singulier phénomène !

---

[1] Concierge.

— Va donc chercher la petite lanterne ; elle est suspendue derrière le poêle.

Marfa apporta la petite lanterne.

— Est-ce qu'on beugle encore ? demanda-t-elle.

— Toujours, répondit-il.

— Ne serait-ce point un voleur ?

— Qui est là ? cria le dvornik.

Pas de réponse.

— Qui est là ? répéta Marfa.

Toujours le même bruit. Tous deux s'avancèrent. Adouiev se leva et partit.

— C'est un monsieur ! dit Marfa en le regardant disparaître. Et toi qui le prenais pour un voleur ! Faut-il être sot pour avoir une idée pareille ? Est-ce qu'un voleur irait beugler ainsi dans l'escalier d'autrui ?

— C'est sans doute un homme ivre.

— Pas davantage, répliqua Marfa. Tu te figures que tout le monde te ressemble. Tous les hommes ivres ne crient pas comme toi.

— Mais alors, pourquoi cet homme hurlait-il ainsi ? La faim, ou quoi ? dit le concierge avec un dépit évident.

— Pourquoi ? dit Marfa, le regardant et ne sachant trop que dire. Comment le savoir ? Peut-être a-t-il perdu quelque chose, de l'argent ?

Tous deux se baissèrent vivement vers le sol, et furetèrent dans tous les coins.

— Perdu ?... murmura le concierge en éclai-

rant le parquet. Pas de danger, un escalier si
net, tout en pierres ; on y verrait une aiguille.
Perdu ? Mais on aurait entendu le bruit, s'il avait
laissé tomber quoi que ce soit ; sur la pierre, ça
sonne, et on le ramasse. Pas de danger qu'on
perde quelque chose ici !... Perdu ? Le crois-tu
capable de perdre quoi que ce soit ? Comme s'il
n'avait que cela à faire ! N'aie pas peur, il songe
bien plutôt à remplir sa poche.. On les connaît,
ces jolis messieurs en redingote. Perdu ?... Allons
donc !

Et longtemps encore ils se traînèrent sur les
dalles, à la recherche de l'argent perdu.

— Non ! non ! dit enfin le dvornik en soupirant.

Puis il souffla la petite chandelle, et serra la
mèche entre ses deux doigts, qu'il essuya ensuite
à sa chouba [1].

Le même soir, vers minuit, comme Petr Ivanovitch, tenant d'une main un bougeoir et un livre,
de l'autre le pan de sa robe de chambre, se rendait de son cabinet à sa chambre à coucher, son
valet lui annonça qu'Alexandre Fedoritch désirait
le voir.

Petr Ivanovitch se renfrogna, réfléchit un
moment et répondit enfin d'un air calme :

— Introduis-le dans mon cabinet ; j'y reviens à
l'instant.

[1] Pelisse.

— Bonsoir, Alexandre! dit-il à son neveu quand il fut de retour. Voilà longtemps qu'on ne t'a vu. Tous les jours on t'attend vainement ; et tout à coup tu nous arrives au beau milieu de la nuit. Pourquoi si tard? Que s'est-il passé? Tu n'as plus la même figure.

Alexandre, silencieusement, s'assit dans le fauteuil. Sa physionomie trahissait une extrême fatigue. Petr l'examinait.

Alexandre eut un soupir.

— Et tu vas bien? demanda, d'une voix inquiète, Petr Ivanovitch.

— Oui, répondit faiblement Alexandre. Je me traîne, je mange, je bois, donc je vais bien.

— C'est égal, on ne badine avec ces choses-là. Va consulter un médecin.

— On m'en a déjà donné, des consultations ; mais ni les médecins, ni les opodeldochs ne peuvent rien pour me guérir. Mon mal n'est point un mal physique.

— Qu'est ce donc ? Aurais-tu joué, perdu de l'argent? demanda vivement Petr Ivanovitch.

— Vous ne pouvez admettre des peines qui n'aient l'argent pour motif, répondit Alexandre en s'efforçant de sourire.

— Qu'est-ce donc qu'une peine qui ne vaut pas même un kopek, comme la plupart de tes peines?

— Comme ma peine actuelle, par exemple. Savez-vous d'où elle me vient?

— Quelle peine veux-tu dire? Tout va bien
pour toi. Je le sais par les lettres mensuelles de
ta petite mère. Dans ton service, il ne peut rien
t'arriver de pire que de voir, comme cela t'est
déjà arrivé, passer devant toi un de tes subor-
donnés. Tu dis que tu vas bien; tu n'as pas perdu
de l'argent, tu n'as pas joué, c'est pourtant là
l'essentiel ; quant au reste, on s'arrange toujours.
Le reste, c'est, je pense, cette bêtise, l'amour.

— Oui, l'amour. Savez-vous ce qui s'est
passé? Si vous le saviez, vous ne me jugeriez
plus si sévèrement, et vous vous effraieriez vous-
même.

— Conte-moi donc ton histoire. Voilà longtemps, précisément, que je n'ai pas été effrayé.
D'ailleurs, c'est trop facile à deviner : on t'a
trompé.

Alexandre fit un mouvement, voulut parler ;
mais il ne dit rien et se rassit.

— Est-ce vrai? Que te disais-je ? Et toi, toujours : « Non, c'est impossible ! »

— Qui l'eût pressenti, répondit Alexandre,
après ce qui s'était passé?

— Il fallait, non le pressentir, mais le prévoir,
c'est-à-dire le savoir, et t'arranger en conséquence.

— Pouvez-vous en juger si froidement, mon
petit oncle ! Moi...

— Ma foi ! Moi, cela ne me regarde pas.

— J'oubliais. La ville entière peut brûler ou s'écrouler que cela vous serait égal.

— Merci du compliment. Et la fabrique?

— Vous plaisantez. Moi je souffre, hélas ! J'ai un poids sur le cœur ; je me sens bien malade.

— Est-ce véritablement l'amour qui t'a maigri ainsi? Quelle honte ! Non, tu auras été malade, et tu viens d'entrer en convalescence... C'est qu'il était temps, aussi ! Encore un peu, j'allais, moi aussi, croire à l'éternité de l'amour immuable.

— Petit oncle, grâce ! dit Alexandre. J'ai l'enfer dans l'âme.

— Et après !

Alexandre avança son fauteuil vers la table ; et l'oncle poussa loin de son neveu les encriers, les presse-papier, et le reste.

« Il arrive au milieu de la nuit, se disait-il ; il a l'enfer dans son âme ; il va évidemment me casser encore quelque chose. »

— Des consolations, je n'en trouverai pas auprès de vous, et je n'en attends pas non plus. Je viens vous demander appui comme à un oncle, comme à un parent. Je suis bien sot, n'est-ce pas?

— Oui, si tu n'étais pas si piteux.

— Vous me plaignez donc !

— Beaucoup. Suis-je de bois ? Tu es un bon petit garçon, bien intelligent, surtout bien élevé.

Et tu dépéris pour rien, pour une affaire qui ne vaut pas deux kopeks, pour des bêtises !

— Prouvez-moi donc que mon sort vous touche !

— Comment ? Tu me dis que tu n'as pas besoin d'argent.

— D'argent ! d'argent ! Si mon malheur n'avait point d'autre cause qu'un manque d'argent, je m'estimerais bien heureux !

— Ne dis pas cela, observa Petr Ivanovitch ; tu es jeune, mais tu t'estimerais très malheureux au contraire. J'ai passé par là plus d'une fois.

— Mais écoutez-moi donc !

— En as-tu pour longtemps, Alexandre ?

— Oui, répondit le jeune homme. Je réclame toute votre attention. Mais pourquoi cette demande ?

— C'est que je souperais volontiers. J'allais me coucher sans souper ; mais puisque nous devons rester encore longtemps, nous souperons, nous boirons une bouteille de vin ; et tout en mangeant, tu me diras tout.

— Vous pouvez souper ? demanda Alexandre avec étonnement.

— Oui, certainement, je le puis. Et toi, ne le pourras-tu point ?

— Moi, souper ? Vous-même ne pourrez prendre une seule bouchée, en apprenant qu'il s'agit pour moi d'une question de vie ou de mort.

— De vie ou de mort ! répéta l'oncle. C'est fort

grave, en effet. Essayons cependant ; peut-être, qui sait ? pourrons-nous tout de même avaler un peu !

Il sonna.

— Demande ce qu'il y a pour souper, dit-il au valet de chambre. Fais prendre une bouteille de Château-Laffitte, cachet vert.

Le valet de chambre se retira.

— Mon petit oncle, vous n'êtes pas convenablement disposé pour écouter le triste récit de mes tortures, dit Alexandre en prenant son chapeau. Je préfère revenir demain.

— Pas du tout, répliqua vivement Petr Ivanovitch en le retenant par la main. Je suis toujours pareillement disposé; demain, tu me trouverais de même occupé à déjeuner, ou ce qui est pis, à mes affaires. Mieux vaut en finir tout de suite. Le souper n'empêche rien. Je n'en serai que plus à mon aise pour écouter et comprendre, choses dont un ventre affamé, comme tu sais, s'acquitte plus malaisément.

Le souper fut servi.

— Avance-toi, Alexandre, avance-toi, dit Petr Ivanovitch.

— Mais je ne veux pas manger, petit oncle !

Et Alexandre haussait les épaules en regardant son oncle, tout entier aux apprêts du souper.

— Prends au moins un petit verre de vin. Ce vin n'est pas mauvais.

Alexandre fit de la tête signe que non.

— Alors, allume un cigare et raconte. Je suis tout oreilles, dit Petr Ivanovitch.

Et, vivement, il se mit à manger.

— Vous connaissez le comte Novinsky? interrogea Alexandre après un moment de silence.

— Le comte Platon?

— Oui.

— C'est mon ami; après?

— Je vous félicite d'avoir un pareil ami. C'est un misérable.

Petr Ivanovitch s'arrêta brusquement de manger, et jeta sur son neveu un regard d'étonnement.

— Allons, bon! fit-il. Le connais-tu?

— Oui.

— Depuis longtemps?

— Depuis trois mois.

— Comment! Moi qui le connais depuis cinq ans, j'ai toujours reconnu en lui un homme comme il faut; chacun te fera son éloge; et toi, d'un seul coup, comme cela, tu l'exécutes!

— Depuis quand défendez-vous les gens, mon oncle? car auparavant...

— Auparavant comme aujourd'hui, je défendais les gens comme il faut. Et toi, depuis quand les injuries-tu, depuis quand ne sont-ils plus pour toi des anges?

— Depuis que je les connais... Oh! les hommes, les hommes :

« Espèce misérable, digne de larmes et de rires ! »

J'eus tort, je le confesse, de ne pas vous écouter, lorsque vous me disiez de me méfier d'eux tous.

— Et je te le dis encore; mais la méfiance n'empêche rien. Si tu as affaire à quelqu'un d'indigne, tu ne seras pas trompé ; si c'est à un homme comme il faut, tu en seras quitte pour revenir sur ton erreur.

— Où y en a-t-il, dites-moi, des gens comme il faut? dit Alexandre avec mépris.

— Quand il n'y aurait que toi et moi! Ne sommes-nous pas des gens comme il faut? Le comte, puisque tu m'as parlé de lui, est aussi un homme comme il faut. Et nous ne sommes pas les seuls. Tous nous avons en nous quelque chose de mauvais, non pas tout, et tous ne sont pas mauvais.

— Si, tous ! tous ! dit Alexandre.

— Toi aussi?

— Moi? Moi du moins, j'emporte de ce choc un cœur brisé, mais pur de toute bassesse, une âme malheureuse, mais sans remords ni mensonge ; je ne céderai pas à la contagion de l'hypocrisie et de la trahison.

— C'est ce que nous verrons. Mais le comte, que t'a-t-il fait ?

— Ce qu'il m'a fait ? Il m'a tout pris !

— Précise. Le mot « tout » peut signifier Dieu sait quoi ?... De l'argent ? par exemple. Non, n'est-ce pas ?

— Il m'a ravi ce qui m'est plus cher que tous les trésors, reprit Alexandre.

— Quoi donc ?

— Tout mon bonheur, toute ma vie !

— Mais tu es vivant !

— Oui, hélas ! pour mon malheur. Ma vie est pire que cent morts.

— Conte-moi donc tout simplement ton aventure !

— Affreux ! s'écria Alexandre. Mon Dieu ! Mon Dieu !

— Hé ! t'aurait-il pas enlevé ta belle, cette... Comment donc ? Oh ! il est passé maître en ces matières ; là-dessus tu lutterais avec peine contre lui. C'est un incomparable vert-galant, dit Petr Ivanovitch en portant à sa bouche un morceau de dindonneau.

—Il me la paiera, sa maîtrise, répliqua Alexandre fièvreusement. Je ne reculerai point sans combat. La mort décidera à qui de nous deux appartiendra Nadinka. Je le tuerai, ce misérable suborneur. Il ne vivra pas, il ne jouira pas du trésor qu'il m'a volé. Je l'effacerai d'entre les hommes !

Petr Ivanovitch éclata do rire.

— Toujours *province* ! dit-il. A propos du comte, t'a-t-il dit s'il avait reçu de la porcelaine de l'étranger ? Il a dernièrement commandé un lot que je verrais volontiers.

— Il s'agit bien de porcelaine, petit oncle! Avez-vous entendu ce que j'ai dit? reprit Alexandre presque menaçant.

— Hum! grogna Petr Ivanovitch en rongeant un os.

— Que dites-vous?

— Rien. Je t'écoute.

— Alors écoutez-moi attentivement, une fois par hasard. Je suis venu pour causer affaires, pour me reposer, résoudre un million de questions qui me tuent. Je perds la tête. Je n'ai plus conscience de rien. Secourez-moi!

— Oui. Je me mets à ta disposition. Parle, seulement, que faut-il faire? Je suis prêt à t'aider de mon argent, pourvu que ce ne soit point pour des bêtises.

— Des bêtises! oh non! Mais il se peut que dans une heure je sois mort, ou que j'aie moi-même tué. Et vous riez, vous, vous soupez, bien tranquille.

— Pardon! Je suis sûr que tu as soupé copieusement avant de venir; et tu voudrais que les autres se privent de souper, pour te faire plaisir!

— Voilà quarante-huit heures que je n'ai mangé !

— Alors, c'est que la chose est grave en effet.

— Un seul mot. Voulez-vous me rendre un grand service ?

— Lequel ?

— Voulez-vous me servir de témoin?

— Les côtelettes se sont tout à fait refroidies, dit Petr Ivanovitch mécontent, en mettant le plat de côté.

— Vous vous moquez, petit oncle !

— Juge toi-même. Comment prêter l'oreille à de telles sornettes? Tu veux que je sois ton second?

— Oui, eh bien !

— Eh bien, naturellement, je refuse.

— Soit. Je trouverai bien quelqu'un, un étranger, pour épouser mon ressentiment. Ayez seulement l'obligeance de voir le comte et de régler les détails avec lui.

— Impossible ; ma langue se refusera toujours à débiter une pareille bêtise.

— Adieu ! dit Alexandre en prenant son chapeau.

— Quoi ! tu pars déjà? tu ne prends pas un verre de vin?

Alexandre était déjà à la porte. Mais là, il tomba sur une chaise, très triste.

— Où aller? où trouver de la sympathie! murmura-t-il.

— Ecoute, Alexandre, commença Petr Ivanovitch en s'essuyant la bouche avec sa serviette et en indiquant un fauteuil à son neveu. Je crois qu'il faut en effet te parler sérieusement. Soit. Tu es venu solliciter mon appui. Je t'aiderai, mais autrement que tu ne le pensais : seulement écoute-moi jusqu'au bout. Ne cherche pas de témoin, c'est sot; de rien tu ferais une histoire qui se répéterait partout, et tu n'y gagnerais que des moqueries, ou, ce qui est pis, des inimitiés. Personne ne te servira de témoin, ou si tu finis par trouver quelque fou, ce sera peine perdue. Le comte ne consentira pas à se battre. Je le connais.

— Ne consentira pas?... Mais il n'a donc pas une parcelle de loyauté! riposta Alexandre furieux. Je ne le croyais point lâche à ce point.

— Lâche, non, mais sensé.

— Moi je suis donc un sot?

— Hé! non, mais un amoureux, dit Petr Ivanovitch lentement.

— Si vous prétendez me démontrer l'inanité du duel, je vous préviens que c'est inutile. Je ne changerai point d'avis.

— Non. On a, depuis longtemps, démontré que le duel est une bêtise; mais on ne s'en bat pas moins. Crois-tu que les ânes soient rares? Et cette espèce ne se laisse pas endoctriner! Je veux seu-

16

lement te prouver qu'en ce qui te touche particulièrement, tu ne dois pas te battre.

— Je suis curieux de voir comment vous me le
prouverez.

— Ecoute donc. A qui en veux-tu spécialement,
dis-moi; au comte ou à elle? A cette Aniouta, ou
quoi?

— Je ne hais point le comte et je méprise cette
demoiselle, répondit Alexandre.

— Parlons d'abord du comte. Suppose qu'il
accepte ton défi, suppose encore que tu trouves un
fou pour te servir de second : le comte te tuera
comme une mouche. Et l'on se moquera de toi
par-dessus le marché. La belle vengeance ! Ce
n'est point là ce que tu veux, j'imagine. Tu aimerais mieux le tuer lui?

— On ne peut savoir qui sera tué, dit Alexandre.

— Sûrement toi, et non lui. Car tu ne sais pas
tirer du tout, je crois, et, d'après le code du duel,
il doit tirer le premier.

— C'est le jugement de Dieu qui décidera.

— Soit ! si tu le veux. Mais il décidera en sa
faveur. On dit que le comte met toutes ses balles
dans le noir, à quinze pas; crois-tu qu'il aille,
exprès pour toi, manquer son coup? Enfin, sup-
posons que le jugement de Dieu permette cette
maladresse et cette iniquité, que par un hasard
impossible tu le tues. Quel profit en auras-tu? Cela
te rendra-t-il l'amour de ta belle? Au contraire, elle

te haïra, et toi, tu seras, en outre, obligé de t'engager. Et, dès le lendemain, tu t'arracheras les yeux de désespoir, et tu te refroidiras pour ta belle.

Alexandre eut un dédaigneux haussement d'épaules.

— Vous raisonnez congrûment là-dessus, petit oncle ! Que dois-je donc faire dans la situation où je me trouve ?

— Rien ; que l'affaire en reste là. Elle n'est que trop gâtée déjà.

— Abandonner mon bonheur aux mains du comte ! Lui laisser l'orgueil de sa conquête ! Non, nulle menace ne saurait me contraindre à subir cette extrémité. Vous ne savez point ce que je souffre, vous n'avez jamais aimé, si vous vous imaginiez que votre froide morale m'empêcherait d'agir. C'est du lait, non du sang, qui coule dans vos veines.

— Assez divagué. Crois-tu qu'il en manque, de par le monde, des filles comme cette Maria, ou Sofia, ou... Comment l'appelles-tu ?

— Nadejda.

— Mais, qu'était-ce donc qu'une certaine Sofia ?

— Sofia ? C'était dans mon village, échappa-t-il à Alexandre.

— Tu le vois bien ! reprit l'oncle. Là-bas, Sofia, ici Nadejda, ailleurs Maria. Le cœur est le plus profond des puits ; il faut longtemps pour toucher

le fond. Le cœur ne cesse d'aimer jusque dans
la vieillesse.

— Non ! le cœur n'aime qu'une fois.

— Toi aussi, tu redis ce qu'on t'a dit ! Le cœur
aime aussi longtemps qu'il n'a point perdu
ses facultés. Il vit d'une vie propre, et, comme
tout ce qui vit, il a sa jeunesse et sa vieillesse. Et
lorsqu'un amour l'a leurré, il s'apaise pour un
temps, se tait jusqu'à un autre amour. L'autre est-
il emporté, dissipé, l'énergie d'aimer subsiste, inu-
sée, jusqu'au troisième, jusqu'au quatrième amour,
tant qu'enfin il trouve à épancher toutes ses forces
vives dans le définitif amour, où rien ne le déçoit
plus. Puis, lentement, il va se refroidissant par
degrés. Quelques-uns tombent d'emblée sur
l'amour parfait ; et les voilà clamant qu'on n'aime
qu'une fois, et que cet amour subsistera aussi
longtemps que la jeunesse et la santé.

— Vous parlez toujours de la jeunesse, mon
oncle, et, partant, de l'amour charnel.

— Je parle de la jeunesse, parce que, dans la vieillesse, l'amour est une erreur, une infirmité. Et que
viens-tu chanter avec ton amour charnel ? Mais cet
amour n'existe pas, ou bien ce n'est pas de l'amour,
pas plus que n'existe l'amour idéal. L'amour prend
à la fois l'âme et la chair, sous peine d'être incom-
plet. Nous ne sommes ni des brutes pures, ni de
purs esprits. Tu dis toi-même que j'ai dans les
veines du lait au lieu de sang. Prends donc du

sang dans les veines; c'est charnel, je pense;
prends, d'autre part, l'amour--propre, l'accoutumance, ce sont des choses immatérielles; et tu
auras tout l'amour... Que te disais-je donc, tantôt? Ah! oui. On te forcera à t'engager; et ta belle
ne voudra plus te voir. Tu auras, sans profit, nui
à elle comme à toi. Est-ce vrai? J'espère que voilà
un point acquis. Autre chose, à présent.

Petr Ivanovitch emplit son verre et but.

— Est-il sot, ce valet! Son Château-Laffitte est
trop glacé.

Alexandre se taisait, la tête basse.

— Et maintenant, dis-moi, poursuivit l'oncle en
chauffant le verre de vin entre ses deux mains,
pourquoi voulais-tu effacer le comte d'entre les
hommes?

— Je vous l'ai déjà dit. N'a-t-il pas réduit mon
bonheur à néant? Il a bondi comme un fauve...

— Dans la bergerie, interrompit l'oncle.

— Il m'a tout pris, continua Alexandre.

— Il n'a rien pris du tout. Il est venu et il a
plu. Etait-il obligé de s'enquérir si ta belle était
libre ou non? Je ne comprends pas cette sottise
dans laquelle, il est vrai, tombent la plupart
des amoureux depuis que le monde est monde.
Ils s'emportent contre le rival; peut-on ima-
giner pareille insanité? L'effacer d'entre les
hommes! Et pourquoi? Parce qu'il a plu; comme
si c'était sa faute, comme si son châtime nt pou-

vait servir à quoi que ce soit ! Ta... comment la nommes-tu ?... ta Katia, ou quoi ? lui a-t-elle opposé la moindre résistance ? A-t-elle fait un effort pour fuir ce danger ? C'est elle-même, j'en suis sûr, qui s'est donnée. Elle ne t'aime plus ; il n'y a rien à faire, c'est fini, elle ne t'aimera plus. Te buter, quel vain amour-propre ? Demander de la constance à une épouse, passe encore ; il s'agit d'un devoir ; souvent, tout le bonheur d'une famille en dépend ; mais, alors même, il est sot d'exiger que la femme n'aime personne. On ne peut qu'exiger d'elle... Mais toi-même, n'as-tu pas prêté les deux mains à la trahison ? L'as-tu disputée au comte ?

— Mais c'est précisément ce que je veux, la lui disputer, dit Alexandre ; et c'est vous qui arrêtez mon généreux élan ?

— La lui disputer, à coups de bâton ? demanda l'oncle. Mais nous ne sommes pas dans les steppes des Kirghiz. En pays civilisé, on a d'autres armes. Il eût seulement fallu les employer à temps, et autrement, engager avec le comte un duel d'une autre espèce, dans les yeux et le cœur de ta belle.

Alexandre considérait son oncle sans trop comprendre.

— Quel duel ? fit-il.

— Je vais te le dire. Comment t'es-tu comporté jusqu'ici !

Alexandre raconta toute l'histoire avec force détails pris et repris, et quelques réticences.

— Tu vois bien ? c'est toi qui as tort en tout, en tout, dit l'oncle qui avait écouté en fronçant les sourcils. Que de sottises accumulées! Alexandre, c'est le diable qui t'a poussé à Pétersbourg. C'était bien la peine de venir! Tu en aurais fait tout autant là-bas, chez toi, sur l'étang, avec ta tante. Peut-on se montrer si puéril, faire des scènes, s'emporter!... Et si ta... comment déjà?... Julia, allait tout dire au comte? Mais non, ce n'est pas à redouter, grâce à Dieu! Elle me semble si sensée; elle lui aura dit, lorsqu'il l'a interrogée sur vos relations...

— Quoi! qu'a-t-elle dit? demanda vivement Alexandre

— Qu'elle s'était jouée de toi, que tu étais fou d'amour, que tu l'importunais, c'est toujours ce qu'elles disent.

— Vous croyez qu'elle... de la sorte... qu'elle a pu dire?... balbutia Alexandre en changeant de couleur...

— Tu t'imagines sans doute qu'elle est allée lui dire comment vous vous promeniez dans le jardin en cueillant des fleurs jaunes! Quelle naïveté!

— Mais ce duel avec le comte... fit Alexandre impatienté.

— Voici. Il eût fallu, non point te montrer gros-

sier avec lui, l'éviter, lui faire la moue, mais lui
rendre ses politesses au double, au triple, au décu-
ple. Et cette... comment... Nadinka! je crois que
j'y suis, cette fois... il eût fallu, non point l'accabler de reproches, mais flatter ses fantaisies,
jouer l'indifférence, laisser entendre que tu ne
concevais pas même l'idée d'une trahison, que tu
la jugeais impossible! Il n'eût point fallu les laisser
devenir si intimes; mais interrompre adroitement,
comme par hasard, leurs entretiens, les surveiller,
les suivre pas à pas, les accompagner dans leurs
chevauchées, et sans cesse appeler ton rival en
champ clos devant elle. Il eût fallu tendre vers ce
but toutes les forces de ton esprit, dresser des
batteries d'intelligence et de ruse, découvrir et
atteindre le point faible de ton rival, sans avoir
l'air d'y songer, et le dépouiller ainsi, insensiblement, du voile prestigieux sous lequel un jeune
homme apparaît à une jeune fille. Il eût fallu recher-
cher le côté qui la séduisait en lui, et diriger
adroitement tes coups de ce côté, le battre en
brèche, montrer que ce nouveau héros était un
homme ordinaire, splendide seulement pour elle.
Mais il y fallait du sang-froid, de la patience, de
la raison. C'est là le seul duel qui convienne à
notre temps... Ah bien oui!

Petr Ivanovitch vida son verre et le remplit
tout aussitôt.

— Indignes ruses! Tous ces mensonges pour

gagner un cœur de femme! dit Alexandre avec
indignation.

— Et tu emploierais le bâton! Tu crois donc que
cela vaudrait mieux? La ruse peut maintenir une amitié; mais la force, n'y compte pas. Je conçois qu'on
s'efforce d'éloigner un rival, de garder la femme
qu'on aime, de prévenir ou d'écarter un danger.
Mais frapper ce rival parce qu'il a su inspirer de
l'amour, c'est frapper l'objet qui t'a fait glisser par
terre ; ainsi en usent les enfants. Dis ce que tu
voudras, mais le comte n'est point coupable. Tu
n'entends rien, je le vois, aux choses du cœur.
Voilà pourquoi tes actions et tes nouvelles sont
insipides.

Alexandre secoua dédaigneusement la tête.

— La ruse peut-elle engendrer un amour solide et pur?

— Pur, je l'ignore; c'est affaire de goût ; en
général, tu le sais, je ne tiens pas l'amour en haute
estime ; solide, ce n'est pas douteux. Le cœur
est un singulier instrument. Si tu ne sais point
pincer la corde qu'il faut, il jouera Dieu sait dans
quel ton. Provoque l'amour n'importe comment,
mais conserve-le par la sagesse ; et la ruse est
une des faces de la sagesse. Il n'y a rien, ici,
d'indigne. Si tu humilies ton rival, si tu recours
à la médisance, tu indisposes ta belle contre toi.
Amène-la seulement à voir en lui un homme
comme tous les autres, et non plus un héros. Je

crois que celui-là est excusable, qui veut défen-
dre son trésor par cette ruse loyale. On ne la
méprise pas, à la guerre... Toi qui voulais te
marier ! tu aurais fait un fameux mari, si tu t'étais
avisé de quereller ta femme, et de montrer le
bâton à tes rivaux : c'est du coup que tu aurais
avancé leurs affaires, et que tu aurais été...

Et Petr Ivanovitch fit un geste expressif.

— ... Ta Vazinka montrait vingt fois plus de
sens que toi, quand elle ajournait le mariage à un
an.

— Et comment user de ruse, quand même je
lo saurais ! Il faudrait, pour cela, que je fusse
moins épris. D'autres peuvent feindre : ils affec-
tent de suspendre quelque temps leurs visites ;
et ils ne font qu'y gagner. Mais moi, feindre !
calculer ! lorsque, à sa vue, ma poitrine s'oppres-
sait, mes jambes tremblaient et défaillaient,
lorsque j'étais prêt à souffrir mille supplices pour
un seul de ses regards. Non, quoi que vous puissiez dire, je préfère inspirer l'amour à force d'aimer, même au prix de la souffrance, plutôt que
d'être aimé sans aimer moi-même, plutôt que
d'aimer à moitié, en badinant, selon votre odieux
système, et de jouer avec une femme comme on
joue avec un petit chien, pour la repousser ensuite.

Petr Ivanovitch haussa lés épaules.

— Soit ! souffre donc, si tu y trouves du plaisir.

O province! O Asie! C'est dans l'Orient que tu aurais dû vivre. Là-bas on commande aux femmes d'aimer tel ou tel; et on les noie si elles refusent. Mais ici, poursuivit-il, ici, pour vivre heureux avec une femme, il ne faut pas agir en fou, comme toi, mais en homme sage et sérieux. Sache transformer la jeune fille en femme d'après un plan réfléchi, un système, si tu veux, et la façonner à remplir sa destinée. Entoure-la d'un cercle magique assez large pour qu'elle n'en voie pas le contour et ne soit pas tentée de le franchir. Conquiers par ruse son cœur, mais surtout — car c'est là une conquête précaire, — surtout impose-lui, à force de raison et de volonté, tes goûts et ton caractère, pour qu'elle regarde les choses avec tes yeux et pense avec ta pensée.

— C'est-à-dire qu'il faut en faire une poupée, esclave de son mari! dit Alexandre.

— Non; pourquoi? Il faut la former de telle sorte qu'elle ne puisse jamais compromettre sa dignité d'épouse, mais il faut aussi lui laisser toute liberté d'action dans sa sphère. Surveille assidûment chacun de ses gestes, de ses soupirs, de ses actes, mais que le contrôle soit exempt de tyrannie, dissimulé, insensible, et toujours tendé au but choisi... C'est là une école nécessaire, une école grave et sage; et cette école, pour une femme, ce sera un mâri intelligent et expérimenté qui s'en chargera. Voilà toute la finesse.

Il toussota, vida d'un trait son verre, et reprit :

— Le mari peut alors dormir sur ses deux oreilles, même lorsqu'il n'a point sa femme auprès de lui ; il peut veiller sans inquiétude dans son cabinet pendant que dort sa femme.

— Le voilà donc, ce mirifique secret du bonheur conjugal, dit Alexandre. Conquérir l'esprit, le cœur et la volonté d'une femme à force de ruse, et s'en réjouir, et s'en glorifier ! C'est cela, le bonheur ?... Mais si elle voit clair dans votre jeu ?

— Mais pourquoi se glorifier ? dit l'oncle ; c'est tout à fait inutile.

— Vous vous trahissez, petit oncle, en demeurant si paisiblement assis dans votre cabinet pendant que dort ma petite tante. Je gage que ce mari...

— Chut ! murmura l'oncle avec un geste de la main. Heureusement que ma femme est endormie, sinon...

En ce moment, la porte du cabinet s'ouvrit sans bruit, mais personne ne parut.

— Et la femme ne doit point, fit une voix de femme dans le couloir, ne doit point montrer qu'elle perce à jour le système de son mari, quitte à instituer son petit système à elle-même, mais sans en parler devant une bouteille de vin.

Les deux Adouiev coururent à la porte ; mais des pas pressés, le froufrou d'une robe dans le couloir... et tout redevint muet.

L'oncle et le neveu se regardèrent.

— Eh bien ! petit oncle, demanda Alexandre au bout d'un moment.

— Rien, dit Petr Ivanovitch les sourcils froncés. Je me suis vanté trop tôt. Retiens cela, Alexandre ; ou plutôt ne te marie pas, sinon avec une sotte. Tu n'aboutiras à rien avec une femme intelligente : l'école est trop ardue !

Il resta pensif, puis, se frappant le front de la main :

— Comment n'ai-je pas prévu, se dit-il fâché, que ma femme, sachant que, dans la pièce voisine, deux hommes causent secrètement, enverrait la bonne écouter, ou bien viendrait elle-même? C'est ta faute et celle de ce maudit Château-Laffitte : j'ai trop parlé. Recevoir une pareille leçon d'une femme de vingt ans !

— Vous avez peur, n'est-ce pas? mon oncle.

— Peur ! et de quoi ? J'ai fait une sottise. Il s'agit de ne pas perdre la tête et de se tirer de là.

Il se reprit à songer, puis :

— Elle se vante, dit-il ; elle, un système à son âge? C'est impossible. Bavardages, dépit de femme ! Pourtant, la voilà avertie, elle connaît le cercle magique, et va se mettre à ruser, comme les autres ! Ah! je connais les femmes !

Il sourit avec fierté. son front se rasséréna.

— L'important, c'est de changer de système. L'ancien ne vaut rien. Cherchons autre chose...

Il jetait vers la porte des regards peu rassurés.

— Mais nous avons le temps d'y songer. Revenons à ton affaire, Alexandre. Que disions-nous? Ah! oui. Tu voulais tuer cette... comment donc!

— Je la méprise trop, soupira Alexandre.

— Te voilà, dans ce cas, à moitié guéri. Mais dis-tu vrai? Tu sembles encore tout fâché. D'ailleurs, méprise, méprise à ton aise. C'est ce que tu as de mieux à faire. Je voulais ajouter... mais non.

— Parlez, au nom du Christ, parlez! Je n'ai pas, à cette heure, une parcelle de raison. Je souffre, je meurs. Inspirez-moi votre froide sagesse. Soulagez par vos paroles, apaisez un cœur endolori.

— Oui, oui, et tu retourneras aussitôt là-bas.

— Comment? après tout ce qui...

— On en a vu bien d'autres. Ta parole d'honneur que tu n'y remettras plus les pieds.

— Voulez-vous que je le jure?

— Non, ta parole d'honneur; je m'y fie davantage.

— Eh bien! ma parole d'honneur.

— Nous avons donc établi que le comte n'a pas tort.

— Soit. Après?

— Et l'autre, de quoi est-elle coupable, cette... Comment donc?

— Nadinka! de quoi est-elle coupable? répéta

Alexandre au comble de la surprise. Elle... pas coupable ?

— Non. De quoi, en réalité ? Il n'y a pas de quoi la mépriser.

— Pas de quoi la mépriser? Ah! mon oncle, comment pouvez-vous dire cela ? Le comte, à la rigueur... lui, il ne savait pas... Mais elle!... qui serait coupable, si ce n'est elle? Moi peut-être !

— Oui, plutôt. Mais au fond il n'y a personne de coupable. Et alors, dis-moi, pourquoi la mépriser?

— Pour sa conduite indigne.

— Comment, indigne ?

— N'a-t-elle pas payé par la plus noire ingratitude une passion élevée, infinie?

— Que parles-tu de payer! L'aimais-tu donc pour lui faire plaisir, pour lui rendre service, ou quoi? Dans ce cas, tu ferais mieux d'aimer ta mère.

Alexandre le regardait interloqué.

— Tu n'aurais pas dû lui montrer toute l'étendue de tes sentiments; la femme se refroidit quand elle connaît l'homme par cœur. Tu aurais dû étudier son caractère, et agir en conséquence, au lieu de t'étendre à ses pieds comme un petit chien... Quant à elle, elle a joué son roman avec toi jusqu'au bout; elle le joue de même sans doute, avec le comte, peut-être avec un autre aussi. Ne lui demande rien de plus. Regarder plus haut ou plus loin, elle ne le peut. C'est contraire à sa nature. Et toi qui t'imaginais Dieu sait quoi !

— Pourquoi a-t-elle aimé un autre homme? interrompit Alexandre avec amertume.

— Belle demande! Es-tu drôle? Mais pourquoi l'as-tu aimée, toi? Vite, laisse là ton amour.

— Mais cela n'est pas en mon pouvoir !

— Crois-tu que cela fût en son pouvoir d'aimer, ou de ne pas aimer le comte? Tu prétendais toi-même qu'il ne faut pas réprimer les élans de notre cœur; et, aujourd'hui qu'il s'agit de toi, tu demandes pourquoi elle a aimé! C'est comme si tu demandais pourquoi un tel est mort, pourquoi une telle est devenue folle. Comment répondre à des questions aussi saugrenues? Il faut bien que l'amour à la longue prenne fin; il ne peut durer à perpétuité.

— Oui, il le peut. Je la sens en moi-même cette capacité du cœur. J'aimerais éternellement.

— Si tu étais aimé davantage, tu ferais comme les autres. Tous les mêmes, parbleu.

— Admettons que son amour dût finir. Mais pourquoi finir aussi cruellement?

— N'est-ce donc pas indifférent? Tu fus aimé, n'est-ce pas; tu goûtas les joies de l'amour. N'est-ce point assez !

— Elle s'est livrée à un autre, dit Alexandre qui pâlit.

— Préférerais-tu qu'elle en aimât un autre en cachette, tout en continuant de t'assurer de son amour ? Juge toi-même, qu'eût-elle pu faire ? Est-elle coupable ?

— Elle me le payera ! dit Alexandre.

— Tu es un ingrat, dit Petr Ivanovitch ; cela n'est pas bien. Quoi qu'une femme ait fait avec toi, si même elle a traîtreusement agi, comme dit la chanson, c'est la nature qu'il faut accuser. Epanche-toi, dans ces moments, en réflexions philosophiques, injurie les gens, la vie, tant que tu voudras ; mais n'injurie jamais, en paroles ni en actions, la femme que tu as aimée. La meilleure arme contre elle, c'est le pardon, le pardon suivi d'un oubli entier. C'est le seul parti d'un honnête homme. Souviens-toi que pendant un an et demi, dans l'excès de la joie, tu sautais au cou de chacun ; un an et demi de bonheur continu ! Dis ce que tu veux, mais tu n'es qu'un ingrat !

— Rien ne m'était plus sacré que l'amour. Sans l'amour, la vie n'est plus la vie.

— Oh ! dit Petr Ivanovitch presque fâché. De pareilles bêtises me font mal à entendre.

— J'eusse divinisé Nadinka, dédaigneux de tout autre bonheur ! Je voulais, avec elle, vivre mon siècle entier ! Et maintenant ! O cette passion noble, infinie, que je rêvais ! Elle a sombré dans je ne sais quelle comédie stupide et mesquine :

soupirs, scènes, jalousies, mensonges, trahisons !
Dieu ! Dieu !

— Pourquoi rêvais-tu l'impossible? Ne te l'ai-je
pas souvent répété, que la vie où tu aspirais
n'existe point dans l'humanité, n'est pas de
ce monde ! A tes yeux, la vie, c'est tout bonnement être amant, mari, et père ; le reste, tu
n'en as cure. Mais l'homme est, en outre, propriétaire, citoyen ; il a des devoirs, des occupations ; il est écrivain, fermier, soldat, fonctionnaire
ou industriel. D'après toi, l'amour et l'amitié
dispensent de tout cela. Quel berger d'Arcadie !
Il se farcit de romans, il écoute sa petite tante,
là-bas, dans son désert; et le voici qui nous arrive
avec de pareilles idées ! Et il appelle cela une
noble passion !

— Oui, noble.

— Assez. Comme s'il y avait des passions
nobles ! Mais la passion, c'est quand le sentiment,
la sympathie, la tendresse, atteignent un tel
paroxysme que la raison n'existe plus ! Quoi de
noble là-dedans? Je ne comprends pas. Quand la
raison n'existe plus, n'est-ce point la folie? La
passion ! elle est indigne de l'homme. Pourquoi
regarder une seule face de la médaille de l'amour?
Regarde l'autre aussi, et tu reconnaîtras que tout
n'est pas épines dans l'amour. Souviens-toi des
minutes heureuses ; tu m'en rebattais les oreilles.

— Oh! ne me les rappelez pas! Ne me les rappelez pas! cria Alexandre en agitant la main. Il
vous est aisé d'en juger ainsi; vous avez toute
confiance dans la femme que vous aimez ; mais
je voudrais voir ce que vous feriez à ma place.

— Ce que je ferais? Mais un voyage pour dis-
siper mes humeurs noires, un voyage... à la fabrique. Demain, veux-tu?

— Non, nous n'irons jamais d'accord, dit
Alexandre avec tristesse. Loin de m'apaiser, vos
théories sur la vie me font détester la vie. J'ai
froid à l'âme. L'amour m'abritait contre ce froid.
L'amour, en partant, a laissé le deuil m'envahir
l'âme. J'ai peur, je souffre.

— Travaille.

— Vous pouvez en juger de la sorte, petit oncle,
vous et vos pareils : vous êtes froid naturellement ;
votre âme n'est point encline aux hautes émotions.

— Toi, tu t'imagines avoir une âme sublime?
Hier, si grande était ta joie, tu planais au septième
ciel ; et au moindre chagrin, te voilà souffrant
jusqu'à mourir !

— Vapeur! Vapeur! dit faiblement Alexandre.
Vous parlez et pensez comme la machine à vapeur
roulant sur les rails : d'une allure uniforme, aisée
et paisible.

— Je n'y vois pas de mal, au contraire. Cela
vaut mieux que de dérailler, de se jeter dans un

fossé, d'où l'on ne sait plus sortir, comme toi à présent. Vapeur ! Vapeur ! Cette vapeur, ne le sens-tu pas ? glorifie l'homme. Mourir de douleur, l'animal n'en est pas incapable. On cite des chiens qui se sont laissés mourir sur la tombe de leurs maîtres, ou qu'a tués la joie de les revoir après une longue absence. Quel mérite vois-tu là ? Et toi qui te figurais être d'une essence spéciale, d'une race supérieure, bref, un homme extraordinaire !

Petr Ivanovitch regarda son neveu et s'arrêta de nouveau.

— Comment ! Mais tu pleures je crois ? fit-il.

Et il s'assombrit, rougit légèrement.

Alexandre restait silencieux. Les derniers arguments l'avaient terrassé. Impossible de les discuter. Mais il demeurait sous l'influence de son sentiment prédominant. Il songeait à son bonheur perdu... et maintenant .. Et des larmes coulaient lentement le long de ses joues.

— Ah ! n'es-tu point honteux ! Toi, un homme ! fit Petr Ivanovitch. Pleure, mais, au nom du Christ ! pas en ma présence.

— Petit oncle, rappelez-vous vos jeunes années ! sanglota Alexandre. Eussiez-vous supporté d'un front impassible des affronts aussi cruels, les pires dont le sort puisse accabler un homme ! Un an et demi de cette vie si pleine, et brusquement, plus rien : le vide ! Tant de perfidie, tant de froideur après une si franche cordialité ! Dieu ! Dieu !

est-il douleur plus poignante? Il est aisé de dire à un autre qu'on l'a trahi ; mais subir soi-même la trahison ! Quel rapide changement en elle ! Comme elle se pomponnait pour cet homme ! Jadis, quand j'arrivais, elle pâlissait, presque sans voix. Mentait-elle ? Non, non.

Ses larmes redoublaient.

— Si du moins, suprême consolation, je l'avais perdue par un coup du sort, si une servitude me l'avait arrachée, si même elle était morte ! Le regret serait moins cuisant. Mais la perdre ainsi ! Non ! Non ! Un autre à ma place ! C'est affreux, c'est un supplice intolérable ! Et nul moyen de la reprendre au ravisseur. Vous m'avez désarmé. Que faire? Dites-le moi. J'étouffe, je suis à la torture, j'agonise ! Oh ! je veux mourir, me tuer !

Il s'accouda sur la table, prit sa tête à deux mains et pleura, pleura bruyamment.

Petr Ivanovitch était troublé. Il fit deux tours dans la chambre, et s'arrêta devant Alexandre, se grattant la tête, ne sachant que résoudre.

— Prends un verre de vin, Alexandre, lui dit-il de sa voix la plus tendre. Peut-être que...

Mais toujours les épaules et la tête d'Alexandre se soulevaient à temps égaux, toujours il sanglotait.

Petr Ivanovitch fronça les sourcils, fit un mouvement de la main et sortit.

— Que faire d'Alexandre? dit-il à sa femme. Il

est là-bas qui hurle chez moi ; il m'excédait tant,
que j'ai dû m'en aller.

— Et tu l'as abandonné dans cet état ! s'écria-
t-elle. Le pauvre garçon ! Laisse-moi aller près de
lui.

— A quoi bon ? C'est dans sa nature. Comme
sa tante, une pleurarde, elle aussi. J'ai cherché à
le raisonner.

— Rien qu'à le raisonner ?

— Je l'ai convaincu.

— Je n'en doute pas : tu es si habile... et si
rusé, ajouta-t-elle.

— Je remercie Dieu, si c'est vrai. N'est-ce point
tout ce qu'il faut exiger ?

— Tout ; pourtant il pleure, lui.

— Est-ce ma faute ? J'ai tout essayé pour le
consoler.

— Quoi donc ?

— Je lui ai parlé une heure entière ; j'en avais
le gosier sec ; je lui ai expliqué l'amour, clair
comme sur la main, je lui ai proposé de l'argent,
j'ai voulu, en lui offrant à souper et à boire du
vin...

— Lui, il pleurait toujours ?

— Oui, et il hurlait. Et à la fin c'était pis.

— C'est singulier. Laisse-moi le rejoindre, j'es-
sayerai à mon tour, tandis que tu méditeras ton
nouveau système.

— Comment ! Que dis-tu ?

Mais déjà, comme une ombre, elle s'était glissée hors de la chambre.

Alexandre était toujours affaissé, la tête dans ses deux mains. Il se sentit toucher à l'épaule. Il releva la tête. Devant lui se tenait une femme jeune, jolie, en peignoir et en petit bonnet à la finnoise.

— Ma tante ! fit-il.

Immobile près de lui, elle le regarda dans les yeux, comme il est donné parfois aux femmes seules de regarder. Puis, sans parler, elle lui essuya les yeux avec son mouchoir et lui mit un baiser sur le front, pendant qu'il appuyait ses lèvres sur la main consolatrice. Longtemps ils chuchotèrent.

Une heure après, il sortait, pensif, mais souriant. Et pour la première fois, après de longues nuits d'insomnie, il dormit d'un sommeil paisible.

Elle, de son côté, avait regagné la chambre à coucher, les yeux encore humides de pleurs. Petr Ivanovitch ronflait depuis longtemps.

FIN DU PREMIER VOLUME.

Angers, imprimerie Lachèse et Dolbeau, rue Chaussée-Saint-Pierre.

www.ingramcontent.com/pod-product-compliance
Lightning Source LLC
Chambersburg PA
CBHW070456030726
47503CB00004B/1075